日本文学欣赏与教学策略研究

岳晟婷 ◎ 著

吉林出版集团股份有限公司

图书在版编目（CIP）数据

日本文学欣赏与教学策略研究 / 岳晟婷著. — 长春:
吉林出版集团股份有限公司，2023.8
ISBN 978-7-5731-4016-6

Ⅰ．①日… Ⅱ．①岳… Ⅲ．①日本文学—文学欣赏—
教学研究 Ⅳ．①I313.06

中国国家版本馆 CIP 数据核字（2023）第 150223 号

日本文学欣赏与教学策略研究

RIBEN WENXUE XINSHANG YU JIAOXUE CELÜE YANJIU

著　者	岳晟婷	
出版策划	崔文辉	
责任编辑	王　妍	
封面设计	文　一	
出　版	吉林出版集团股份有限公司	
	（长春市福祉大路 5788 号，邮政编码：130118）	
发　行	吉林出版集团译文图书经营有限公司	
	（http://shop34896900.taobao.com）	
电　话	总编办：0431-81629909　营销部：0431-81629880/81629900	
印　刷	廊坊市广阳区九洲印刷厂	
开　本	710mm×1000mm　　1/16	
字　数	296 千字	
印　张	13.75	
版　次	2023 年 8 月第 1 版	
印　次	2023 年 8 月第 1 次印刷	
书　号	ISBN 978-7-5731-4016-6	
定　价	78.00 元	

如发现印装质量问题，影响阅读，请与印刷厂联系调换。电话：0316-2803040

前　言

日本文学自公元 7 世纪的《万叶集》至今已有一千多年的历史，留下了丰富而灿烂的文学遗产，特别是近代日本文学用几十年时间迅速走完了西方近代文学的进程，文学思潮涌动，其中产生的文学理念也相当复杂。

通过文学理念从宏观角度研究日本文学是日本语言文学者的必修课。本书对日本文学，包括古典至近代的文学作品进行深入研究，从不同的角度探索了不同历史时期日本文学所呈现出的特色和时代背景、文化发展特点等；从日本固有的"物哀""幽玄"等到近代文学中的"无赖派""私小说"等，选取日本文学脉络中一些典型而重要的文学理念，将其组织起来，拈精摘要，加以阐释，对其提出独有的思考与教学意见，让读者对日本文学及其理念有一个系统的了解。

本书在撰写的过程中，参考了许多文献资料，在此对相关研究者表示衷心的感谢。由于笔者水平有限，疏漏之处，敬请广大读者指正，以便今后加以完善。

目　　录

第一章　日本古代文学欣赏

第一节　上代文学欣赏

一、上代文学概述

日本人是何时开始有语言的，不得而知；日本文学是何时产生的，也不得而知，从太古洪荒时代到奈良时代结束（794），日本文学史一般称为"上代"。

日本人的祖先在这个列岛上生活了数万年之后，迎来了新石器时代，一直持续到公元前 2 世纪左右，被称为"绳文文化时代"。人们在列岛上狩猎、捕鱼、采集野果。到了绳文文化晚期，从中国传入了种稻技术，水稻在日本渐渐普及，形成了农耕社会。从公元前 3 世纪左右至公元 3 世纪左右，在日本历史上，一般被称为"弥生文化时代"，期间铁制农具得到普及，因此水稻生产得到了飞速发展。由于农业生产需要人们互相帮助，类似于村庄这样的居住形式出现了，这些小村庄渐渐发展壮大后，类似于国家性质的集团就产生了。到 4 世纪，大和朝廷将这些小集团统一起来；7 世纪左右，形成了中央集权制的律令国家。国家派遣隋使到中国学习先进的文化并带回日本。到了中国唐代后，又派遣唐使将中国的先进文化制度，包括佛教文化以及茶种带到了日本。

794 年，日本的首都从奈良迁到京都，从此奈良时代结束，文学史也进入中古时代。古时京都被称为平安京，因此中古时代也称平安时代。

人们在劳动过程中，发现大自然是神秘莫测的，不知何时会刮风下雨，人们因此对大自然产生敬畏之情，并当成神来崇拜。至今，日本人仍然认为，河流山川、世间万物都有神灵栖息着。人们为了保平安，开始向神祈祷。祈祷时不仅要念念有词，还要有身体动作，因此文学产生了，表演也产生了。

公元 6 世纪时，遣隋使及其后的遣唐使将佛教传入日本的同时，也将汉字带到日本，从此人们口头传诵的诗歌、神话、祈祷文等均可用文字记载了。

日本在同朝鲜及中国接触的过程中，渐渐唤起了历史意识，对朝鲜、中国来说，"日本也是一个国家"。这种国家意识日益鲜明起来后，日本人开始编撰《古事记》《日本书纪》及《风土记》等史书。《古事记》是为了强调天皇统治的正统性而写给日本人看的，而《日本书纪》从书名即可知是写给外国人看的。

随着耕种技术的发展，人们的生活安定了下来，于是有了闲暇时间学习文字书写。当人们能熟练地运用文字后，就开始用这些文字来抒发自己的感情，在民间散落了许许多多的诗歌，后来有人将这些诗编成了诗集，那就是《万叶集》。

上代文学是人们在与自然相处中形成的，其中包含了人们对自然的敬畏和祈祷、自然恩赐这些情感，同时还包含了人们在生产过程中的悲喜心情，因这些心情都是直截了当地表达出来的，因此上代文学被人们称为"真诚"的文学。

二、《古事记》

《古事记》是日本现存最早的书籍，它的诞生与 4 个人密切相关，他们分别是天武天皇、稗田阿礼、元明天皇和太安万侣。为了更正流传于诸家的《帝纪》《本辞》（也叫旧辞）的错误，天武天皇命令舍人稗田阿礼熟读背诵《帝皇日继严》《先代旧辞》等，以留传后世。《古事记》序文中记载，稗田阿礼

"年是二八，为人聪明，度目诵口，拂耳勒心"，是一个记忆力超强的人。但是，此项工作在天武天皇时期并未完成。之后，元明天皇继承其遗志，于和铜四年（711）九月十八日，命令太安万侣撰录稗田阿礼诵读过的内容。第二年，也就是和铜五年（712），太安万侣记录完毕呈给元明天皇的就是三卷日本的《古事记》。

《古事记》由上、中、下三卷构成。上卷记录神代之事，也就是神话和传说；中卷记录了从第一代天皇神武天皇到第十五代应神天皇之间发生的事情，既有神话，也有史实，不完全属于帝记；下卷记录了第十六代仁德天皇到第三十三代报古天皇之间发生的事情，基本上属于帝记。其中还穿插了112首歌谣。《古事记》的序文全部用古汉语写成，行文属于骈俪体。正文仿照汉译佛典的手法，采用占汉语、变体汉文和假名注音相杂的"和汉混淆文体"。而书中的古代歌谣全部采用一字一音的方法，用汉字标音，保留了歌谣原有的格律。

《古事记》上卷主要由高天原神话、出云神话、天孙降临神话、筑紫神话组成。

《古事记》中卷记录了十五代天皇的历史传说。包括神武天皇东征，绥靖天皇至开化天皇等8位史无详载的天皇的事迹、崇神天皇和垂仁天皇确立祭政一致的制度、修建出云大社、侯建命的西伐熊曾和远征东国的故事，仲哀大皇的神功皇后神魂附体、香坂忍熊二王叛乱，以及神功皇后亲征新罗等故事。

《古事记》下卷记录了十八代天皇的事迹。不仅包括历代皇室的宗谱和天皇传，还包括皇后按纪以及皇子皇女的奇闻逸事。比如皇后石之比卖的忌妒、同母兄妹轻太子和轻大郎女之间的爱情悲剧等。

《古事记》所描写的世界是人神共住的世界，不管是神还是人，他们都具有鲜明的个性和强烈的好恶，因此而淡化了"邦家经纬、王化之鸿基"的政治色彩。

《古事记》是研究日本政治、历史、宗教、文学、神话等各方面形成和发展的重要文献。如果仅就《古事记》在日本文学史上的意义而言，那么无论是诗歌、散文，还是小说，后来的文学都明显地受到了《古事记》的影响。

三、《日本书纪》

《古事记》完成 28 年之后，也就是养老四年（720），由天武天皇的第五皇子合人亲王率领史官编撰而成的史书《日本书纪》问世。该书共 30 卷，其中两卷是神代卷，其余 28 卷是神武天皇到持统天皇的帝记。据史书记载，《日本书纪》最初完成时还有帝王系图一卷，后来散佚。《日本书纪》全部用唐代风格的古汉文书写正文，是一部仿照中国历代正史编写的编年体史书，被称为日本第一部敕撰正史。

《日本书纪》神代卷的内容与《古事记》有相同之处，它同样也记录了神世七代、八州起源、诸神诞生、天孙降临等神话传说，不过这些神话传说大多被修改、简化，有的甚至被删除了。这与《日本书纪》的编写目的直接相关。与《古事记》不同，《日本书纪》是天皇为了弘扬日本国威、实现对外宣传目的而编撰的史书。

《日本书纪》不仅在体例上受到中国史书的影响，在史观上也明显地反映出中国儒家文化的影响。《古事记》中关于伊邪那歧命和伊邪那美命的结合写得自然奔放、无拘无束，但在《日本书纪》中，由于受到儒家道德观的约束，言辞表达显得呆板晦涩。

同时，《日本书纪》在强调天皇的正统性和至高无上的权威方面，比《古事记》表现得更加明显。比如，在描写天皇的祖先天照大神诞生的时候，《古事记》的描写是伊邪那歧命和伊邪那美命二神在生完诸岛之后，伊邪那美命因生火神时烫伤而丧命，伊邪那歧命去黄泉寻她未果，在回来的路上，洗左眼秽物之时诞下了天照大神。《日本书纪》则将此曲折的过程简化，直接描写男女二神在生完大八州之后就生下天照大神。

《日本书纪》帝记28卷，基本上是一代天皇为一卷，也有两代或三代为一卷的，还有两卷写一代的，比如天武灭皇记，另外还有八代纪，即"欠史八代"的八位天皇归入一卷。一共记载了41代天皇的事迹，对政治、军事、外交等事件都做了详尽的记录。《日本书纪》在编撰时借鉴了很多中国史书和典籍，不仅是体例，甚至很多用典、用词都可以在《史记》《汉书》《后汉书》《昭明文选》等汉籍中找到出处。

和《古事记》相比，《日本书纪》作为正史的特点更加突出。它记载了上古时期日本和朝鲜、中国之间的交流，包括很多重要的人物及事件，这在《古事记》中是没有的。不过，《日本书纪》中记录的128首古代歌谣散发出浓厚的文学气息。

四、《风土记》

就在《古事记》编撰的第二年，也就是和铜六年（713），天明天皇下诏撰修各国的地方志，一方面是为了确立新的政治体制和国家统一，另一方面也是为修纂正史《日本书纪》做准备。当时应该有60余国的地方志呈上，但大多数已经散佚，目前仅存的只有5国风土记，即《常陆风土记》《播磨风土记》《出云风土记》《肥前风土记》和《丰后风土记》。其中，《出云风土计》保存完好，其他的已经残缺不全。《风土记》的文体大多采用古代汉语或变体汉文写作。《风土记》的内容在天明天皇颁布的诏书中已有明确规定。根据《续日本纪》，天皇诏书中写道："能内七道诸国，郡乡名著好字。其郡内所生银、铜、彩色、草木、禽兽、鱼虫等物，具录色目，及土地沃瘠，山川原野名号所出，父古老相传旧闻逸事，载史籍言亡。"也就是说，在编修地方志时必须要记录5项内容：郡乡地名、郡内物产名录、土地肥沃情况、山川原野名称由来、古老相传的旧闻逸事。《风土记》中收录的旧闻逸事，也就是当地的神话传说和民间故事，这些传说故事不像《古事记》或《日本书纪》中的神话那样具有强烈的国家意识，大部分都是地方色彩浓厚、淳朴而自然。在现存的五部风土记中，《出云风土记》被认为是保存最完整且艺术价值最高的一部。《出云风土记》由出云国国造出云臣广崛监修，神宅臣全太理笔录，从最初受命编撰到最后完成，总共用了20年时间。这部风土记结构完整，记述详略得当，自成一体。在出云的地方神话中最为著名的就是"引国"神话。传说出云这个地方国土狭小，刚刚建国，八束水臣津野神发布诏书，说出云国太小了，周围土地却有富余。于是他就用三股绳搓成一个结实的网，把石见国和出云国交界处的名佐比买山网了过来，然后反复用这个网把周围的土地网到出云国，最后把这些土地缝在一起，形成了一个很大的国家。出云这个地方的名字由来是如此记载的："所以号出云考，八束水臣仅野神诏，八重垣诏之，故云八重垣的出云国。"

此外，《常陆风土记》由常陆国司按察使藤原宇合和万叶歌人高桥虫麻吕共同编撰，以日本武尊的传说为中心，记录了常陆国人民的生活、劳作和风土人情等。《播磨风土记》所描写的出云国阿菩大神劝大和国的宙傍、香具、耳成三山不要争斗的故事很有名。三山斗的故事在《万叶集》的歌中也有记载，并注明出处来自《风土记》。可见，《风土记》中的神话传说在当时具有相当大的影响力。

五、《万叶集》

就日本诗歌的变革来说，《记·纪》上古歌谣是与传说结合，两者尚未分离出来，其内涵是歌与文的混合体，集团意识和叙事的成分多，并伴以音乐旋律等要素。经过不断的演化，抒情的成分逐渐增加，并从传说中独立出来，个人意识觉醒，形成富有个性的、艺术性的抒情表现，音乐要素被排除，但含有定型的音律。就歌体的定型来说，《记·纪》的上古原初歌谣的句数、音数都是不定型的，其后统一定型为短歌形态，固定在五七五七七的五句体，这便成为传统的民族诗歌体裁，为有别于当时流行于日本的汉诗，故称和歌。可以说，和歌是日本各种文学形态中最早完成的一种独立的文学形态，《万叶集》是第一部和歌总集，它集上古诗歌之大成，丰富多彩地展现了日本上古抒情文学的世界。

《万叶集》收录从4世纪到8世纪中叶前后亘及450余年的歌。《万叶集》的歌数，由于版本不同，整理方法各异而有出入，根据较权威的《国歌大观》记录的总歌数为4516首。万叶歌的体裁多样，内中短歌居多，也有少数长歌。《万叶集》歌人网罗所有阶层，包括从天皇、皇后、皇族、王族、朝臣到士兵、农民、村姑、乞食者等众多层次。作者的范围由上而下、由贵而贱，而以上层者居多，尤以侍奉大和朝廷的大臣和地方官为众，下层者的歌较少。题材和内容广泛，大致可以分为三大部类：杂歌、相闻歌、挽歌。杂歌主要是羁旅、行幸、游猎、宴席乘兴作的歌，咏四季自然的歌，对新旧都城的感怀歌；相闻歌以恋爱为主，含广泛的抒情赠答歌，在《万叶集》中这类歌占多数；挽歌主要是悼念死者之歌。万叶歌的形成还有两个重要的因素：创造了万叶假名、受汉诗的影响。

因此，考察《万叶集》的形成，对上述诸因素中的两个主要因素都不可偏废，即首先万叶歌的诞生是根植于上古大和民族歌谣生成的土壤，其次是吸收和消化中国的文化和汉诗文的精神和形式，这是万叶歌发生的源头，也就是和歌定型的始源。因此，万叶歌的纯自然生成论和汉诗影响决定论都存在其偏颇的一面。另外，由于万叶时代重汉诗文而轻用日本语创作的文学，同时编纂《万叶集》的目的是作为教养书只供皇子、皇女阅读，所以这部总歌集编纂后默默无闻，经过一个多世纪后才放射出它应有的光辉。

以主要歌人活动时期、歌风、作品及政治社会情势作为划分的基准，可以将《万叶集》分为四个时期。

第一时期，称为"初期万叶"，这一时期的歌大多与皇室的事件和传承故事有关。比如舒明天皇时代（629—641）的天皇登香具山望国时御制歌，齐明天皇时代（655—661）的有间皇子被处死时作的自伤结松枝歌和天智天皇时代（662—671）围绕天智、天武天皇争恋额田王的歌，均较具代表性。其后，以柿本人麻吕等的歌为代表，走向专业化。这是《万叶集》创作歌的孕育和诞生期。

第二时期，从上古歌谣的土壤中吸取养分的同时，受到中国文化的影响，效仿中国宫廷兴起侍宴从驾、集宴游览的风尚，在新辟的这种贵族教养的抒情场合吟诗作歌，开始树立自我个性的抒情新风。从这里出发，十市皇女的歌、持统天皇的歌、柿本人麻吕的歌群，出现了许多身份低微的宫廷歌人的独咏歌，内含不少四季行事的歌，有利于培育个人抒情歌的成长、季节感的表现和美意识的萌芽。这一时期最大的宫廷歌人是柿本人麻吕，他既是继承上古歌谣要素的最后一个歌人，又是开辟万叶长歌的最先一个歌人，他受到汉诗的启迪，整合五七反复音数律，固定末尾五七七句法，并附反歌的新的表现形式，为长歌的成型做出了不可磨灭的贡献。长歌形式在《万叶集》的第二时期处在全盛期。以柿本人麻吕等一批中下层宫廷歌人的创作歌群为标志，进入了确立日本民族诗歌的典型形式——和歌的关键时期。

第三时期，处在贵族文化的成熟期，万叶的新时代也正是从这里开始，歌人辈出，著名歌人有笠金村、高桥虫麻吕、山部赤人、车持千年、大伴旅人、山上忆良、大伴家持等。这一时期的特征是，虽然仍继承前期柿本人麻吕的宫廷赞歌的传统。但是，无论在赞颂天皇方面还是吟咏自然方面，都更多地注入主观的色彩，而且关注颇富人性的生活，比起前期观念性的歌来，更多的趋向主观的感受性，强化歌的抒情性。其中具有代表性的作品，比如笠金村的挽歌，没有因袭前人，而以自己的意趣和技巧，抒发自己的感怀等，为这一时期树立了与前期不同的新歌风。

更值得注目的是万叶歌走向多样化。主要代表歌人山部赤人叙景歌的优美化、大伴旅人的人生颂歌的情趣化、高桥虫麻吕的传说咏歌的多彩形象和山上忆良对人生的执着和社会的关心等，都显露出各自的色彩和光芒。这一时期还有一个特点，就是许多贵族知识分子接受汉学的熏陶，对汉诗文造诣颇深，他们受中国典籍的影响，以此作为创作歌的基础，个性更向多样化发展，创造了许多在和歌史上不朽的作品。尤其是在哀歌方面，悼念亡妻的歌，更具丰富的个性。不难看出这一时期歌人的文学意识觉醒，他们的短歌完成艺术化、个性化进入了多彩的时代，并形成万叶歌的全盛期。

第四时期，正处于奈良时代中期，创作歌数量最丰的，当数大伴家持。他的歌日记，以及他与笠女郎、坂上大娘等女性的相闻赠答歌，表现了纤细的感受性，创造了非现实的心象风景，达到了颇为圆熟的程度。同时期，女歌人辈出，她们以恋歌为中心，留下了许多秀歌，吟咏人生的哀乐。其中尤以坂上郎女最为活跃，她的歌以相闻歌、宴歌、祭歌居多，还创作了不少与大伴家持的赠答歌等。

这时歌作者的范围，不仅限于皇族和宫廷歌人，而且扩大到近畿地方的庶民，近畿地方以外的东国地方歌和戍边人的戍边歌，大多是无名氏歌人创作的，在这一时期占有重要位置。

这一时期大伴家持和大伴周围的歌人，将万叶歌推向极盛的阶段。这是万叶歌的烂熟期，也是走向古今和歌的过渡期。

《万叶集》确立了民族抒情歌至高无上的地位，与稍早面世的汉诗集《怀风藻》一起，成为日本上古奈良时代抒情诗的双璧，在日本文学发展史上具有里程碑的意义。以此为契机，从古代到近古，日本诗歌坛产生了《古今和歌集》《新古今和歌集》等著名歌集，大大地丰富了日本古代文学。

第二节 中古文学欣赏

一、中古文学概述

"中古文学"指的是平安迁都（794）到镰仓幕府建立近400年间的文学。

由于这一时期政治文化的中心是平安京所在的京都，而且文学创作的核心是以藤原氏为主的平安京贵族们，所以人们又将这一时期的文学称作"平安时代文学"。

平安迁都以后，日本的社会、政治发生了很大变化，对于中国文化的学习、模仿变得越发积极。此时，日本不仅建立了中国式的都城，而且连其宫廷内的制度规范都带有强烈的中国色彩。在积极模仿、学习中国文化的风潮之中，汉诗文成为"官方文学"，在日本的宫廷中占据了正统地位。与此同时，日本的传统诗歌"和歌"的地位逐渐降低，成为"私人空间"的文学。此时所编撰的三部敕撰集（《凌云集》《文华秀丽集》《经国集》）反映了当时汉诗文兴盛的时代特征。汉诗文的兴盛也证明了此时日本本土文学的衰落，所以日本文学史上又称这个时期为"国风暗黑时代"。

到9世纪后半期，特别是9世纪末中段派遣道唐使以后，汉诗文兴盛的局面发生变化，贵族社会之中开始出现试图摆脱中国式规范的气氛，所谓"国风文化"在此时得以形成，和歌文学逐渐成为此时的文学主流。10世纪初叶，"假名"应运而生，并且在宫廷贵族文化的发展中得到普及。和歌随之重振雄风，获得了与当年汉诗文同样的文学地位。以假名表记的和歌不仅形成了自己独立的样式，而且在技巧上也发生了极大变化。在贵族社会里，开始频繁举行"和歌比赛"，这对日本本土诗歌的发展起到巨大推动作用。10世纪初编撰的敕撰和歌集《古今和歌集》就是在和歌这种宫廷贵族文学的兴盛背景下产生的，并且由此带来了日本和歌的兴盛。《古今和歌集》歌风优美细腻，具有理性、观念性的特点，表达了当时贵族社会风雅情趣的习风，是以平安京温和自然风光为背景的平安文学的出发点。

假名的普及使口语的自由表现成为可能，带来了色彩斑斓的假名文字散文文学。其主要文学成果就是"物语"文学。物语文学最初有两大形态：虚构物语、歌物语。前者以民间古老传承为原型，是一种虚构的故事，这类"物语"有《竹取物语》《宇津保物语》《落窗物语》等。后者是根据贵族社会的"和歌故事"所形成的抒情故事，这类物语的代表有《伊势物语》《大和物语》《平中物语》等。假名的出现也使原来仅仅用于记录官方事情的汉文日记发生了变化，有人开始用假名采用日记的形式记录个人的事件，表现个人的内心世界。第一部具有文学意义的日记就是《土佐日记》。《土佐日记》的散文文学形式对以后的女性日记文学产生了不可低估的重要影响。

公元10世纪末至11世纪是日本"摄关政治"的鼎盛时期，此时女性作者的创作使假名散文文学获得极大发展。其中，"藤原道纲之母"写作的《蜻蛉日记》表白了自己的真实内心，开始摸索自由表达自己内心感受的女性文学方法。这种方法为以后的《和泉式部日记》《紫式部日记》《更级日记》等日记文学代表作所继承。此时，女性文学的最高成就还应是紫式部创作的物语文学作品《源氏物语》，这部传世之作汲取了以往的物语、口记、和歌文学的精华，创造了一个宏大的虚构世界，在虚构的世界之中成功地塑造了一系列以摄关政治为背景的宫廷贵族社会的人物形象，细腻地描写了生活在贵族社会中的人物的丰富内心世界，使之成为以后日本物语文学难以超越的物语文学高峰。随笔文学的经典之作《枕草子》也是这一时期无法忽略的重要作品。《枕草子》产生于平安时期中后期的摄关政治体制之中，与日记文学、物语文学一样，是极具个性的女性文学。其作者清少纳言以华艳的宫廷世界为背景，以随笔这一自由的文学形式为读者打开了一个纤细洗练的具有独特美的世界。

《源氏物语》以后，物语文学创作渐渐失去了原有的生气，虽然也有不少作品问世，如长篇《狭衣物语》《滨松中纳言物语》《夜中梦醒》、短篇《堤中纳言物语》等，但是再没有可以与《源氏物语》比肩的物语文学出现。在贵族社会走向衰势之时，对贵族社会形态过去的回忆、记述也就成为一种必然，《荣华物语》《大镜》等历史物语产生于这一背景之中。历史物语的出现在一定意义上也标志着物语文学创作的停滞不前。进入院政时期文学上的一个重要现象，就是各种说话集的问世。其中最具代表性的就是《今昔物语集》，这部说话集收集了贵族社会、庶民阶层以及新兴武士阶级的各种故事、传说，预示以后日本文学的发展可能。《梁尘秘抄》等歌谣集的编撰，也是此时不可忽略的文学现象。

二、《古今和歌集》

编者纪贯之等，于905年编成，共20卷，是根据醍醐天皇诏令编写的，是日本最早的敕选诗歌集。该书收录了自《万叶集》以后至编写年为止约150年间共130人左右的1000多首诗歌。绝大部分是关于季节和恋爱的诗。《古今和歌集》里诗的风格与《万叶集》的不太一样，不是直截了当的感情表达，而是通过一些比喻、双关语等修辞手法表达一种较理智的、观念性的东西。与《万叶集》的雄壮相对应，《古今和歌集》显示出一种柔媚的风格。

在作者中，有6人是当时颇有名的诗人，被称为"六歌仙"，亦即"六诗仙"，其中有两位值得一提，一位是在原业平，他是位美男子，《伊势物语》就是以他为原型创作的。另一位是美女诗人小野小町，她是日本家喻户晓的古代美女，犹如在中国民间流传着许多关于西施的故事一样，在日本也有许多与小野小町有关的故事、传说等，如果用现代人的做法即进行选美活动的话，她可谓是第一届日本小姐。

三、《竹取物语》

日本现存的最古老的物语，被誉为物语文学之父，作者不详，大约成书于9世纪末，该书描写了一位老者去山上砍竹，竹林里有个小女孩，带回家后迅速长成了一个美丽的大姑娘，取名为光姬，她拒绝了所有人的求婚，最后回到了天上。这部小说开日本浪漫主义小说之先河。

四、《源氏物语》

作者紫式部，完成于1008年左右，通过小说这个虚构的世界，描写了主人公光源氏的一生及其儿子熏的半生。作品以这两个人物为主线，将奢华的宫廷、贵族社会的内部矛盾、争权夺利、钩心斗角以及"大情圣"光源氏的爱与苦恼刻画得淋漓尽致，是一部写实主义的长篇巨著。

书中涉及了4代天皇，历时70余年，登场人物约490人。其场面宏大，结构严谨，构思也很巧妙。

全书共54帖，一般分成3部分。第一部分是前33帖，描写的是光源氏从出生至39岁之间的事情。其间光源氏拈尽人间百花，后被流放，最后又回到宫中，位至准太上天皇，享尽荣华富贵。

第二部为其后的8帖，描写光源氏在遭遇了正妻三公主的背叛又失去了最爱的紫上后的苦恼，直至做出出家的决定后，光源氏的晚年生活。

第三部分是最后的13帖，描写光源氏死后，他的儿子熏（实为柏木之子）为自己的出身而感到苦恼，一方面试图在宗教里寻求解脱，另一方面却又陷于纠缠不清的爱之旋涡里，表述了一种今生得不到幸福就去来世寻求的佛教的轮回思想。

整部作品洋溢着一种无常观，可以说是一部贵族社会的盛衰记。它将自然与人事巧妙地融合在一起，贯穿于作品始终的是一种被称为"物哀"的情趣。这种情趣是成熟的王朝贵族文化达到顶点时的一种最高的审美意识。

平安时期，不仅是紫式部，还出现了许多其他的女性作家，如《枕草子》的作者清少纳言、《和泉式部日记》的作者和泉式部、《更级日记》的作者菅原孝标之女等。可以说，平安时代是日本文学史上才女辈出的时代。

五、《枕草子》

作者清少纳言，成书于 1001 年左右，是一部随笔集，它和后来的《方丈记》《徒然草》被称为日本文学史上的三大随笔。当时藤原道隆为了巩固自己的地位，千方百计想把自己的女儿定子嫁给天皇，于是请了消少纳言作为伴读，教定子诗书文章。很快，定子就被召入宫，并被立为皇后。而与此相对应的是藤原道隆的弟弟藤原道长，为了不输给哥哥，也千方百计想把自己的女儿障子嫁入宫中，于是聘请紫式部作为其家庭教师，障子也随定子之后嫁给皇帝，并且比定子更快地怀上了皇太子。这是藤原兄弟的明争暗斗，也是两家女儿的争宠之战，更是两位女文豪的较量。人们常常拿紫式部和清少纳言做比较，前者属于稳重内向型，后者属于外向开朗型。紫式部的《源氏物语》充满了伤感的情调，而清少纳言的《枕草子》却充满了情趣，显示了作者对人世、对自然具有敏锐的感受和观察能力，且具有独到的审美情趣。

第三节　中世文学欣赏

一、中世文学概述

建久三年（1192），源赖朝在镰仓开设幕府，成为征夷大将军。庆长八年（1603），德川家康在江户设立幕府。从镜仓幕府设立到德川家康达 400 余年，日本史称之为"中世"，中世时期还可以细分为"镰仓时期""南北朝时期""室町时期""安土桃山时期"。中世在日本历史上是一个巨大的转折期。这个时期的最大特征，就是贵族阶层的没落、武士阶级的兴起、庶民社会的生长。武士阶层所建立的新的秩序，逐渐渗透到政治经济等各个社会层面，这个时期是日本封建制社会得以确立的时期。

从文化史的角度看，此时在众多领域里创造出了能够构成日本文化传统的重要文化财产，譬如"信贵山缘起""伴大纳言绘词"一类的"绘卷物"、雕刻家运庆的"雕刻"、千利休所开创的"茶道"、雪舟的"水墨画"，以及"造园术"等，出现了宫廷贵族的"王朝美"与地方、庶民的"超野、卑俗、野性"相对立、相融合的现象。

从文学方面看，中世也同样是一个重要的转折时期。从总体倾向来看，虽然以宫廷贵族为中心的文学作者及文学的享受者开始逐渐向庶民文学贴近，但是在政治上已经丧失实际权力的贵族阶层，在文学上仍然占据着重要地位，武士阶层、庶民阶层还没有真正拥有属于他们自己的文学。武士、庶民阶层仍然迷恋着贵族时代，仍然在模仿传统的文学形式。在这个时期，只有具有相对自由立场的僧侣等所谓"隐考"才可能客观、批判地观察事物。他们的文学创作被认为是这个时期文学的代表。"王朝值摄主义""尚古主义"仍然是整个时代的文学主流。最能够表现这一特点的，就是这一时期和歌传统的延续，其中的重要成果之一就是这一时期编撰的《新古今和歌集》，它成了王朝和歌最后的出色敕撰集。以宫廷生活为背景的"女房日记"此时依然还在创作，比较著名的有《建礼门院右京大夫集》《不问自述》。另外需要提及的是，这一时期还创作了许多模仿平安时期物语的所谓"擦古物语"。以世阿弥为代表的"能"所表现的幻想性"幽玄"的世界，也同样体现着对于王朝美的向往。

在这一时期，地方社会和民众社会不断变化的"世相"给予人们极为深刻的新鲜印象，于是叙述这些世相变化的故事便成了说话集编选收集的对象，以《宇治拾遗物语》为代表的说话文学就是记录这种"世相"的作品。由于地方与城市之间的交流日益频繁，于是便催生了"纪行文学"。当时，京都的贵族为避战乱躲到地方，京都的"连歌师"们也会被各地战国大名召去。他们的这些活动促进了地方文化水准的提高。文学题材、文学制作、文学享受等方面，都自上而下地由京都向地方不断扩展开来。连歌形式的最终完成标志着这种文学地方化、庶民化的进展。另外，"能狂言"这种普通民众的艺术也得到武将和贵族们的喜爱，"彻伽草于"的读者层扩展到了庶民阶层，"小歌"的世界里也有了庶民社会的气息。这些文学现象都在证明着庶民阶层开始产生巨大影响力，已经影响到当时的文学艺术创作，并将与近世庶民文艺的兴起发生密切的联系。

《平家物语》是在琵琶的伴奏下进行讲述的文学。《曾我物语》《义经记》这些军纪物语也同样留有说书的痕迹。通过"讲述"的形式供人们享用文学，可以说是这个时期的文学的另一个特点。这种文艺形式不仅在文章措辞上要考虑听众的喜好，而且在内容上也需要反映出受众的趣味。在庶民中以舞、说(唱)为主的"幸若舞""锐教敬"少的"说"的部分，以后成了近世净琉璃的源头。

二、《新古今和歌集》

编者为藤原定家等 6 人，成书于 1205 年。

上皇后鸟羽院一边与掌握着政治实权的武士阶级对抗，一边对贵族的传统文化诗歌依然保持着很浓的兴趣，他下令编辑《新古今和歌集》，也亲自参与改定。

《新古今和歌集》共 20 卷，收录诗约 2000 首，主要收录的是西行法师及藤原俊成等人的诗。《新古今和歌集》中的诗风体现了这个时期的审美意识——余情和幽玄。

三、《平家物语》

作者不详，成书于镰仓时代前期，即 1200 年左右。主要描写了平家一门的隆盛与衰亡，在平家盛衰的约 70 年间，发生了无数场惊心动魄的战争，《平家物语》中对此都有生动的描绘。另外，书中对生离死别的描绘也很感人，其中的几位女性形象充满了哀怨。对平家和源氏两派的武将们的描写更是形象，人物性格鲜明，富有个性。这部小说的深层思想和意蕴仍是佛教的无常观。

四、《宇治拾遗物语》

中世时期编写了许多说话集，在众多说话集中，《宇治拾遗物语》是文学性最为出色的一部。它与平安末期的《今昔物语集》一样，是说话文学的代表作品。其书名原意为"《宇治大纳言物语》之拾遗"，《宇治大纳言物语》已经散佚，现已无法比较两者。其编者不详，一般认为参与编撰者为数人，最终完成时间大约在 13 世纪初。《宇治拾遗物语》的许多素材来自之前的《古本说话集》《古事谈》等说话集。其所收的 197 个说话中，有 143 个说话已经出现在《今昔物语集》《古本说话集》《古事谈》等说话集中，其中将近半数的故事与《今昔物语集》相同。它们中的许多素材流入军记物语、历史物语、御伽草子、谣曲等其他文学形式之中。此集所收的说话既有关于破戒僧、盗贼、大力女人的故事等所谓"世俗说话"，也有民间流传的民间故事。

《宇治拾遗物语》的文学魅力不在于题材的新颖，而在于对于文学表现力的重视，一些不需要的细节被省略，叙述方式自由、风趣、稳重，颇有文学韵味，大大提高了其文学表现力，这一点与它之前的说话集《今昔物语集》形成鲜明的对比。《今昔物语集》为了传达历史的真实宁可牺牲文学性，而《宇治拾遗物语集》则试图通过文学性的提高追求与历史的神似。它具有《今昔物语集》所没有的独特的轻松气氛，在民话式说话的创作上获得成功。同时，它还将古代物语的和文表现大量引入说话的口语文脉之中，从而改变了《今昔物语集》翻译式的汉文表现。

五、《徒然草》

吉田兼好的《徒然草》与《枕草子》《方丈记》并称为日本文学史上三大随笔文学。《徒然草》从内容来说，大致可分无常感、求道说、人生谈、艺术论、自然观、生活训、青春颂、仪式法制、自颂自赞等项。从形式来说，有随想、说话、艺谈、回忆等。这些项目所涉内容和形式，广泛、多彩而又驳杂。各段相对独立，又不时转换主题，涉及古今和汉许多大大小小的方面，而通篇兴、归于情，志在自娱自乐，不在发表的写作态度，也反映了作者对随笔特性的基本看法。

第一，他有一种强烈的求道之心，表明"吾生已蹉跎，当放下诸缘之时也"，于是专心求道，叙说无常，成为其《徒然草》的最重要的内容。

兼好的无常感，最早是用咏叹的方式表现出来，带有浓重的感伤性。经过隐居求道生活的历练，才从不自觉到自觉，理性地认识无常——"贪生"，即人的生的欲望；"利欲"，即物质的欲望——"自然变化之理"，这是《徒然草》的一个重要的思想特质，它支撑着随笔集的整个结构。

第二，这种自觉的无常观，反映到对人生的态度上，作者用以论说自然与人的生命转化之理，即生死的辩证关系、自然与人的本质，以及社交、处世等方面。

作者对自然的观察十分仔细，他从一株新芽的苗壮，看到了新的生命的成长、新的生命的主导力量，试图辩证地把握人的生命的流转规律，通过季节的推移、自然风物的转换，来表达对生死轮回的无常观，而且在这里透露出日本文学传统的敏锐的四季感，并从中发现审美意识的源泉。

第三，由此《徒然草》形成另一显著特色，那就是从四季的自然中发现美，将自然与审美意识密切相连。

这种"物哀以秋为胜"的观察令人想起中国唐代名家刘禹锡的诗："自古逢秋悲寂寥，我言秋日胜春朝。"作者扬秋抑春，慨叹时序的推移给人带来美感的同时，也带来了哀感，将古代的"哀""物哀"与近古的"空寂""闲寂"无间相融，创造了兼好式的随笔文学之美。

兼好的"哀""物哀"的美感是与无常感相连的。他特设一段论述"美与无常"，他写了雪、月、花的美，特别是写了对雨恋月、花散月倾、月辉叶影、月冷凄清等之美而有所省悟，正如作者所云："秋月者，至佳之物也。"他从秋月中获得了美的感动，从这种美中获得了寂寞，并联系到人生与自然的"空寂""闲寂"，悲叹世间的盛衰无常。川端康成说过，"以'雪、月、花'几个字来表现四季时令变化的美"，在日本这是包含着山川草木、宇宙万物、大自然的一切，以至人的感情之美，是有其传统的对照的"。从这段描写来看，其"物哀"与美根植于无常观的基础上，这是近古日本文学美的传统，与古代《源氏物语》的"物哀"精神存在着某种差异。它也从一个侧面反映了作为日本民族美学上的"物哀",是具有多义性的。

　　第四,在《徒然草》有关艺术论的章段中,通过感性与知性的思考,将古今典籍娓娓道来,表现出作者对文学、音乐、艺术的丰富知识和高深造诣。这类段落的许多典故或用语出自从汉诗集、和歌集《怀风藻》《万叶集》《古今和歌集》,到物语文学《源氏物语》《平家物语》,到说话集《今昔物语》、历史物语《大镜》、文集《本朝文粹》、歌谣集《梁尘秘抄》等日本古典,论述涉及物语、和歌、连歌和汉朗咏、神乐、催马乐、雅乐、舞乐、郑曲、百拍子、吕律、种种乐器、艺术,以及古今歌人等传统文学艺术的广泛领域。其中许多论说随感今天读来还能引起种种联想和思考。

第四节 近世时期文学欣赏

一、近世时期文学概述

日本文学史一般把历史上的江户时期称为近世，近世文学主要指"江户时期"的文学。"江户时期"开始于"关原之战"德川家康取胜、于庆长八年（1603）在江户设立幕府，结束于德川幕府第十五代将军德川庆喜于庆应三年（1867）进行的"大政奉还"，其间共 265 年。江户时期确立了"幕藩体制"，在幕藩体制中，对内施行严格的"士农工商"的"身份制度"，对外则采取严密的锁国政策。在这种体制的建立、政策的实施过程中，日本获得了较长时间的和平稳定，经济得到发展，促成货币经济时代的到来，使社会地位低下从事商业的町人阶级掌握了经济上的实权，也为町人文化的形成提供了条件。同时，多数人摆脱了文盲状态，具有读写能力，这更多的人可以参与文学的创作或者享受文学奠定了基础。

近世出版文化的普及对近世文学的影响同样重大。如果说中世以前是"写本时代"，那么近世就是"出版文化"的时代。16 世纪传教士把印刷机械带到九州，丰臣秀吉率兵侵略朝鲜又带回铜活字，这使日本掌握了活字印刷、整版印刷技术。进入近世后，本阿弥光悦和角仓素庵等出版了"嵯峨版式"的书籍，另外在德川家康的命令下骏河版的书籍也得以印刷。这些版本的书籍都是用铜活字或木活字来排版印刷的，由此木版印刷得到普及，大量印刷的实现使书籍可以传递到更多读者手中。由此形成的商业出版事业使文学成为商品，形成了文学的大众传播，读者人数也出现了飞跃性的增长。随着出版业的发展，文章与绘画的结合也变得更加紧密。

对于这一时期的文学特征，人们多以"庶民文学"或"町人文学"概括之。比较起武士、农民，町人的社会地位虽然低下，但是其经济实力却在日益增强。因此，他们需要能够反映自己的生存状态、思想方式、兴趣爱好的文学，同时他们也开始积极参与文学的创作，再加之新的印刷技术的发展以及庶民教育的普及，使町人文学能够顺理成章地得以确立。町人文学的确立促成了"假名草子""浮世草子""俳谐""净琉璃""歌舞伎"等一些新的文学样式的出现。这些作品中所显露的"町人性""庶民性"可以说是区别中世文学与近世文学的一个最为显著的特点。当然，由町人创作的文学并不是近世文学的全部。在具有町人性、庶民性特点的文学的创作者里，也有不少像近松门左卫门、松后芭蕉那样的出身于武士阶级的作家。而且，和歌、和文、汉谤文等主要由武士阶级从事创作的传统、古典的文学，在近世文学整体中同样占有很大的比重。

18世纪中期，文学创作的场所由"上方"转移到"江户"，由此形成了近世文学史上两个重要文学时期，一个是以"上方"为中心的"上方文学期"，另一个是以"江户"为中心的"江户文学期"。上方文学又取其最昌盛年代"元禄"的年号，被称为"元禄文学"。江户文学期又被分为两个具有各自特征的时期，一个为"天明文学"，另一个叫"化政文学"。

进入"元禄时期"（1688—1704），日本近世文学的特色得以充分显现。这特色先表现在以井原西鹤的创作为代表的"浮世草子"的出现。"浮世草子"之前，叙事文学主要有与室町时期"御伽草子"一脉相承的"假名草子"以及其后的"草双纸"。

"假名草子""草双纸"的写作目的主要在于启蒙教育、大众娱乐，可以说是通俗的大众读物。而"浮世草子"则有所不同，这类作品既写实性地表现了町人的现实世界，对于个人欲望给予肯定，同时也尖锐地剖析了以金钱与色欲为核心的町人社会，反映了町人文化现实性、享乐性的特点。日本近世文学的特色还表现在俳谐的创作上，江户初期出现的俳谐建立在室町末期的俳谐连歌的基础之上，作为町人文学在当时颇为流行。但是，无论是最早的贞门派俳谐，还是以后的谈林派俳谐，都具有强烈的游戏味道。松尾芭蕉在他的《猿蓑》等俳谐集里形成了所谓"蕉风"创作风，游戏色彩浓厚的俳谐，在艺术品位上得以大大提升，具有极高的文学性。"净琉璃"的创作也是江户时期重要的文学现象。所谓"净琉璃"是一种人偶剧，其源头可以追溯至中世戏剧能乐、狂言、幸若舞。作为大众娱乐形式，净琉璃获得当时观众的普遍欢迎。净琉璃的最终完成与近松门左卫门有着密不可分的联系。近松门左卫门对传统的古净琉璃进行改造，以哀怨的笔调描写了近世的义理人情以及两者之间的尖锐冲突，《出世景清》《曾根崎心中》《心中天网岛》等就是其成功之作。这些作品体现了作者对人性的深刻洞察，极大提高了人形净琉璃的艺术性，为人形净琉璃的繁荣打下了坚实基础。"歌舞伎"发生于日本江户初期，与净琉璃问世的时间相差不多。歌舞伎的产生与中世以来的各类艺能、戏剧的影响有关，这种戏剧形式最初为"女歌舞伎"，后为"若众歌舞伎"，一时成为新时代的大众性娱乐，受到民众的欢迎，给当时的社会风俗带来极大影响。后幕府当局禁止演出，取而代之出现在观众面前的是"野郎歌舞伎"，这成为以后歌舞伎发展的基础。歌舞伎的黄金时期出现在江户中期至后期阶段，此时净琉璃渐渐衰退，使歌舞伎成为大众戏剧演出的中心。

井原西鹤之后，随着文学的中心向江户转移，浮世草子的作者逐渐转向"读本""洒落本"的创作。安永、天明时期，由于采取了积极的财政政策，使得商业繁荣，江户充满自由享乐的气氛，在这一背景下，洒落本、黄表纸、狂歌等一类所谓"戏作文学"出现在武士阶层知识分子业余写作者的笔下，这种文学吸引了町人阶级，促使以洗练观察与表现为特点的文学兴盛起来。在宽政改革中，戏作文学创作遭到当局的干预，使文学的通俗化倾向加剧，宣扬"劝善惩恶"的读本、看重感情的滑稽本、人情本、合卷成为当时文学创作的主流。

这种倾向意味着文学本质上的低俗化，同时也标志着日本近世文学大众化的实现。在这一时期，幕府日落西山，武士阶级也走向衰势，随之社会呈现颓废倾向，文化趋于烂熟，町人生活变得重视享乐、游戏。这一大的背景可以说是江户晚期小说变化的重要因素。

所谓读本，是针对以插图为主的"草双纸"而言的，意为以阅读为主的作品。读本受中国白话小说的影响较大，多以日本历史事实为素材，具有较强的传奇性，强调扬善惩恶、因果报应的思想。读本的代表作有上田秋成的《雨月初语》、泷泽马琴的《南总里见八犬传》等。泗落本来源于浮世草子中的"好色物"，是专门描写青楼人物故事的通俗消遣小说。其代表作家为水春水，后因受到幕府的处罚，转向"人情本""滑稽本"的创作。为水春水的人情本所表现的是江户四人颓废的恋情，滑稽本《东海道中膝栗毛》的作者十返舍一九则在他的作品里将庶民的日常生活表现得十分滑稽可笑。山东京传的"黄表纸"创作表现的是风月的风俗世界。后来柳亭种彦等人所写的"合卷"可以说是将歌舞伎题材小说化的作品。

江户后期与谢芜村的艺术性俳谐、江户末期小林一茶贴近人生的俳谐创作，同样在俳谐成熟发展过程中发挥了重要作用。他们的俳谐创作促使俳谐广泛传播，成为受到日本近世民众欢迎的文学形式。近世的和歌创作显然没有中世以前和歌创作那样繁荣，只是在江户后期经过贺茂真渊等日本国学家的努力才略显生气。相反，在江户后期，将和歌世界中俗化的"狂歌"反而流行开来。由此也可见庶民化、世俗化的近世文学之一端。

江户时期也是日本国学研究得以发展的时期，江户中期出现的试图探讨日本古代思想精神的国学，到了江户后期兴盛起来，显现出其强势。贺茂真渊、本届宣长等国学家撰写了《万叶考》《古事记传》《源氏物语玉小梳》等著作，试图在古典名著之中发现所谓"古道"。这些国学研究的著述，日后成了日本学术研究的源头，对后世的学术研究、思想产生了巨大影响。

二、松尾芭蕉与俳谐

松尾芭蕉将日本诗歌中的一种称为"俳谐"的诗体提高为"俳句",因此松尾芭蕉是俳句的始祖,以他为首形成的宗派称为"蕉门"。他创作的俳句的艺术风格主要表现为幽娴、恬静、古雅等,这种诗风被称作"蕉风",也因为这些缘故,原来诙谐的俳谐才上升到高雅艺术的层面,并被称作"俳句"。

芭蕉不喜欢都市的喧闹,因此在郊区结庵独居,庵前有芭蕉树,据说这是他名字的由来。

1684 年,芭蕉开始在关西一带旅行。在日本文学史上,有许多诗人把旅行当成了自己的生存方式,乐此不疲,芭蕉就是其中之一。这种"旅行"与我们现在理解的"旅行"含义不完全一样。对有些人来说,"旅行"是他主动的选择,而对另一些人来说,除了旅行似乎别无选择。这种意义上的"旅行"或许该叫作"漂泊"或者"放浪"更合适。而芭蕉的"旅行"也类似于"漂泊"这种状态。对芭蕉而言,人生就是一程旅途,从另外的意义上来理解,这句话适用于我们所有人,芭蕉把旅途中的所见所闻、所思所想全部记在日记本上,有的浓缩成精练的俳句。他曾出版了许多本游记,其中尤以在东北地区旅行时写就的《奥州小路》最有名。通过长期旅行生活的历练,芭蕉的诗心日益得到磨炼。1691年,体现蕉风中之幽玄、闲寂等理念的俳句集《猿蓑》问世了。这本俳句集表明蕉风成熟了,芭蕉本人也达到了超凡脱俗、风雅闲定的境界。

三、歌舞伎

平安时代已出现了以舞蹈为主的演艺,到了中世以后,这种舞蹈加上了故事情节,在跳这种蹈舞时身体动作等较夸张。

1603 年左右,出云大社川的巫女出云阿国在京都表演了歌舞伎。她女扮男装，穿着华丽的衣裳，给人们以深刻的印象。之后，"女歌舞伎"流行了起来。但幕府以扰乱社会秩序为理由，禁止其演出。后来，演员换成了美少年，这时的歌舞伎被称为"少年歌舞伎"，它渐渐地开始聚集人气，却遭遇了女歌舞伎同样的命运。后由于商人们的反对，在禁止女人和少年男子演出的前提条件下，幕府允许歌舞伎继续演出，这样就只有成年男子演出了，这种歌舞伎被称为"野郎歌舞伎"。这种歌舞伎与"女歌"和"少歌"不同，不靠姿容吸引人，只靠对白和动作，到后来又在内容上狠下功夫，由原来的独幕剧发展到多幕剧。后在京都和江户都有专用剧场，这时还出现了两位有名的演员——京都的板田藤一郎和江户的市川团十郎。藤一郎请近松门左卫门作为他的专用作家，演出的剧目都是符合京都一带文化环境的较柔和的东西。而团十郎是自写自演，他的剧目内容一般都是勇敢的主人公帮助弱者的故事。

歌舞伎至今仍在上演着，东京的银座就有歌舞伎的专门剧院，市川一门仍然活跃在演艺界，但仍然是只有男演员而没有女演员，女角色都是男子扮演的。现在的歌舞伎名演员市川猿之助之父曾与梅兰芳有过交流。

第二章　日本近代文学欣赏

第一节　明治时期文学欣赏

一、明治时期文学概述

明治维新后的日本政府，在文明开化的呼声下，迅速地推进以西方各国国家体制为蓝本的近代化。到了明治二十二年（1889），颁布了新宪法，开设了议会，新的国家体制终于建立起来了。从明治维新开始之后的大约 20 年间，是一个过渡期，在文学方面较引人注目的是一些启蒙读物，具有文学价值的读物不多。

任何时代的新文学的产生都需要一个较长的酝酿时期，日本近代文学同样如此。明治维新后，对以后文学创作产生巨大影响的要数明治六年成立的"明六社"的思想启蒙活动。明六社的主要成员有福泽谕吉、加藤弘之、西周、中村正直等，他们的著述、译作《西国立志篇》《西洋概况》《物理图鉴》《劝学篇》《文明论之概略》在当时产生了不可低估的影响。特别是福泽谕吉所著《劝学篇》，对于平等思想、合理主义精神、"立身出世"观念的传播影响更为巨大，对以后近代文学的创作产生了不可忽视的影响。与此同时，沿袭近世文学传统的"戏作文学"作家，将自己写作的背景从江户变为明治初期的东京，明治维新后"文明开化"的世象成为他们戏谑表现的对象。其中假名垣鲁文的代表作品《西洋道中膝栗毛》《牛肉火锅店》,在江户文学向明治文学的过渡期中发挥了重要的作用。到明治二十年代(1887—1896)以后,在出版传媒业发生重大变化之际,伴随着"小报"的迅速普及,戏作文学又一次迎来了明治维新后的繁盛期。

明治年代(1868—1912)后,西方翻译小说明显增加,获得了众多读者,比起戏作文学,更为引人注目。西方小说的翻译介绍主要集中在两类题材上,一是空想科学小说,二是当时被称作"西洋人情小说"的恋爱小说。科幻小说主要有《八十日世界一周》《海底两万里》《月球世界》,恋爱小说则有《花柳春话》等描写才子佳人的恋爱作品。当时的翻译作品往往是节译,有时也会迎合读者将两部作品编译为一部作品。这种翻译方法反映了译者对于西方文化的选择,对于以后近代小说的创作产生一定的影响。这两类题材集中了能够引起日本读者阅读兴趣的异国文化、人情,满足了当时读者的阅读需要。

在翻译小说盛行期间,政治小说也开始流行。所谓"政治小说"指的是流行于明治十年代后期至二十年代前期(1883—1892),以自由民权运动为背景,以宣传民权思想为目的、由自由民权运动的参与者所撰写的小说。其中的主要代表作品有矢野龙溪的《经国美谈》、东海散士的《佳人之奇遇》、末广铁肠的《雪中梅》等。这类政治小说大都采用"汉文训读体",这与当时盛行的翻译小说关系密切。同时也有以戏作小说文体书写的政治小说,《雪中梅》就是其中的代表。政治小说的作家先是政治活动者,在小说创作上应该说还是门外汉。对他们来说,小说的作用主要在于启蒙,文学应该服务于政治。尽管如此,政治小说的出现大大提升了小说的地位,却是不争的事实。

但这20年间,由于人们摆脱了封建社会的束缚,迎来了一个新的时代,因此,尊重人权、尊重个性的人文主义在年轻人中渐渐得到培育。明治二十年后，文坛上出现了一本翻译诗集《面影》，它将欧洲的浪漫主义传到了日本，出现了诗社"浅香社"和与谢野铁干等优秀的诗人。在俳句方面，正冈子规开始着手进行改革。在小说方面，以尾崎红叶为中心的"砚友社"发展壮大起来了。同时，幸田露伴、森鸥外、北衬透谷等也开始登上了文坛。

明治二十七年即 1894 年，日本发动了侵略中国的甲午战争，以此为契机，日本又对俄国宣战。在甲午战争后，日本的经济得到飞速发展，资本主义体制得以确立，在此过程中，个人主义、自由主义思想得到强化。在文学方面，表现自我解放思想的浪漫主义文学盛行。岛崎藤村的诗集《嫩菜集》就是在这样的氛围下诞生的。这部散发着清新气息的诗集一出版即受到了青年人的喜爱。同时，他与谢野铁干和其妻子谢野晶子一起创办了诗刊《明星》，也受到了人们的欢迎。一时间，诗歌界盛况空前。与此同时，也出现了一些批判社会各种矛盾的所谓"悲惨小说"，但它作为一种文艺运动力量太微弱了，没能引起人们的注意。

甲午战争后的日本加入了世界列强的行列，同时有识之士要求对现实进行重新审视。在这种风潮下，19 世纪欧洲文学的主流——自然主义以独特的方式被引入日本，开其先河的是岛崎藤村的长篇小说《破戒》。自然主义最重要的理论家是岛村抱月。在散文界，自然主义得以盛行。在诗歌界，受到自由主义的影响，人们开始尝试创作口语体自由诗，出现了以讴歌日常生活为主的诗人石川啄木。俳句方面也出现了自由律俳句。

当时的文坛几乎被自然主义思潮淹没，但就是在这样的环境里，还是有保持了清醒头脑而不是一味跟风的作家，那就是夏目漱石和森鸥外。这两人被称为近代文学的双峰，也只有这两人，至今仍被人们称为"文豪"。在日本文学史上，有两个人得过诺贝尔文学奖，即川端康成和大江健三郎，但这两人都未被称作"文豪"。人们认为，只有夏目漱石和森鸥外才能担当得起"文豪"这个称号。纵观日本的文学史，每个时期都有许多的优秀作家涌现，但真正出了许多优秀文学作品的时代，还是以夏目漱石和森鸥外为双璧的近代文学时期。

二、坪内逍遥和二叶亭四迷

一般认为，真正意义上的日本近代文学开始于 1885 年、坪内逍遥的文学论《小说神髓》问世。在这部论著中，坪内逍遥将西方的"novel"译作"小说"，近代小说的概念由此逐渐形成固定下来，为人们所接受。"小说"不再是中国文学的"稗史俗说"，也不再是日本近世文学者、戏作者所戏称的"游戏之作"，而成为具有启蒙意义、描写表现人的内心世界、内涵丰富的、可登大雅之堂的文学作品。假如说《小说神髓》是近代文学在理论上的开端，那么二叶亭四迷 1887—1889 年之间发表的《浮云》，则可以说是近代文学的开山之作。《浮云》是一部未完成的长篇小说，仅仅完成其中三篇。目前可以看到的三篇，在文体、描写上都颇为不同，由此也可以看出近代小说在其形成过程中的艰难。尽管艰难，但是近代现实主义文学已经初露端倪。在《浮云》之后，又有一篇小说惊动了文学界，这就是森鸥外所写的《舞姬》。森鸥外与夏目漱石的创作被称为日本近代文学的两座高峰，他早期的创作具有强烈的浪漫主义色彩，对以后的年轻作家的创作产生了巨大影响。

三、尾崎红叶和幸田露伴

继坪内逍遥、二叶亭四迷之后，出现在明治文坛上的是以尾崎红叶为首的"砚友社"的作家群体。砚友社成立于 1885 年（明治十八年），其核心人物是尾崎红叶、山田美妙等人。砚友社创办的刊物《我乐多文库》可以说是日本近代文学最早的同人刊物。砚友社的成立使日本近代文坛开始形成，一批近代著名作家的创作都与砚友社的推波助澜关系密切。尾崎红叶 1889 年发表成名作《二人比丘尼色忏悔》后，又发表了《伽罗枕》，随之成为当时深受读者欢迎的小说作家。红叶的创作强调"美文意识"，注意构思的奇妙与文章的技巧，努力在小说描写中表现"情"。红叶的小说创作既展现坪内逍遥所提出的写实主义的一面，同时也深受江户时期作家井原西鹤的影响。因此，他的文学创作与二叶亭四迷的创作截然不同，他所描写的多是旧时代的人物情感，而缺少二叶亭四迷笔下的现实人物的心理矛盾冲突。红叶以后创作的《金色夜叉》在现实描写上更为深入，对于现实的批判也更为深刻，赢得了很多读者。砚友社的同人作家之一山田美妙没有像红叶那样模仿井原西鹤，而是以"言文一致"的文体创作了一系列作品，在文坛上赢得一席之地。在日本近代的"言文一致"的文体试验上，他发挥了与二叶亭四迷相同的先驱性作用。砚友社时期也被称作"红露时代"，"红"指的是尾崎红叶，"露"指的是幸田露伴，这两位作家可以说是代表明治二十年代文学创作的顶级作家。幸田露伴 1889 年发表《露团团》，由此登上文坛，同年又以《风流佛》在文坛上名声大振。之后，接连发表其代表作《一口剑》《五重塔》，成为日本近代文学史上的重要的作家之一。与红叶擅长表现人情、风俗的写实性描写比较，露伴则精于塑造具有执着倔强的匠人气质、追求艺道、富于理性主义色彩的男性形象。

四、樋口一叶

假如说砚友社的文学创作还保留着浓厚的近世传统色彩，所表达的仍然是传统的思想观念，那么 1893 年创刊的《文学界》则在引领日本浪漫主义文学方面发挥了重要作用。《文学界》是同人杂志，主要同人作家有北村透谷、岛崎藤村、户川秋骨、马场孤蝶、上田敏等。有评论者认为他们的文学创作具有显著的中世无常观，其相同之处在于"某种厌世性的主情，以及通过感叹现世的桎梏而试图一跃而入虚幻世界的愿望"，因此他们的浪漫主义"与以个体的自觉与解放为纲领的西欧浪漫主义思潮相距甚远"。《文学界》浪漫主义文学的重要收获在于北村透谷的评论、岛崎藤村的诗歌创作。在这些评论与诗歌之中，可以看到那个时代年轻文学家对个性解放与精神自由的渴望。北村透谷少年时期曾参加自由民权运动，运动失败后转向文学的创作，早期他写作了《楚囚之诗》《蓬莱曲》等诗歌剧，显示出其文学家的才能，但是他的评论活动在日本近代文学史上发挥的作用要远远高于他的文学创作，他的主要评论有《厌世诗人与女性》《何谓与人生相涉》《明治文学管见》《内部生命论》《国民与思想》等。岛崎藤村的诗歌创作在日本近代抒情诗的形成下发挥了重要作用，他的《嫩菜集》被认为是日本近代抒情诗确立的报晓之声。樋口一叶的小说创作同样是《文学界》的重要收获。樋口一叶是日本近代文坛上为数不多的女作家的代表，她创作生命极为短暂，1896 年 25 岁时就离开了人世，她的重要作品《大年三十》《青梅竹马》《九月十三夜》《浊江》都是在其病故前的 14 个月里完成的，这些作品大都发表在《文学界》上，代表着日本早期浪漫主义文学的成果。

五、岛崎藤村

在日本近代文学史上，自然主义文学占有十分重要的地位。它是继现实主义和浪漫主义之后形成的一股强大的文艺思潮，曾席卷日本文坛，称雄一时，对日本近代文学的发展产生了深远影响。1890 年前后至 1906 年可以说是日本自然主义文学的孕育时期，一般称其为"前期自然主义"。在这个时期，欧洲左拉自然主义得以广泛介绍，并且发表了一批重要的日本自然主义文学评论文章和模仿左拉自然主义的作品。自然主义文学在日本成为一种文学思潮，并形成一场自觉的文学运动，是从 1906 年开始的。1906—1912 年是日本自然主义文学的成熟时期。1906 年，岛崎藤村发表了长篇小说《破戒》，在文坛引起轰动，受到文坛各派的一致赞誉。《破戒》的出现，标志着日本近代文学进入了一个新的发展时期。日本自然主义文学的真正奠基之作被认为是田山花袋于 1907

年发表的中篇小说《棉被》。《棉被》的出现不仅从根本上决定了日本自然主义文学的发展方向，而且还提出了日本近代文学史上回避社会重大问题，一味进行自我暴露和自我反省的"告白小说"的道路，从 1912 年开始，日本自然主义文学进入了分化时期。自然主义文学的代表作家还有德田秋声、正宗白鸟、岩野泡鸣等人。与此同时，唯美派、白桦派等以反自然主义为目标的文学流派形成，成为对抗自然主义文学的强大文学力量，并且为大正时期文坛添上夺目的色彩。

第二节 大正时期文学欣赏

一、大正时期文学概述

到了明治末期大正初期（20世纪初期），以唯美为最高追求目标的艺术至上主义流行了起来。这时出现了享乐性的、颓废性的"唯美派"小说，永井荷风和谷崎润一郎是其代表，诗歌方面是北原白秋。

大正初期，日本国内的理想主义思潮开始抬头，尊重个性、尊重生命的想法得以重新被审视。在这种风气下，杂志《白桦》创刊了，办刊同人有武者小路实笃、志贺直哉、有岛武郎等，这批人被称为"白桦派"，其中武者小路实笃处在思想领导者的地位。

第一次世界大战结束后，日本社会开始陷入不景气状态。白桦派所倡导的观念上的理想主义失去了社会基础，人们又将目光转到现实社会上来，这时被称为"新现实主义"的文学诞生了。这个运动是围绕杂志《新思潮》展开的，因此也被称为"新思潮派"，主力军是《新思潮》杂志的同人们，代表作家有芥川龙之介等。

无产阶级文学实际上是大正末期出现的，与此相对应的新感觉派也是同一时期登场的。

二、唯美派

唯美派又叫作"耽美派"，也被称为"新浪漫主义"。它的形成与明治末年森鸥外、上田敏等人对于波德莱尔、王尔德等欧洲唯美主义创作的介绍、杂志

《昴星》《三山文学》《新思潮》的创刊，以及永井荷风、谷崎润一郎的文学创作有着密不可分的关系。这一文学派别的代表作家主要有永井荷风、谷崎润一郎、上田敏、佐藤春夫等。他们深受西方唯美主义思潮、世纪末思潮的影响，主张艺术至上，为艺术而艺术，强调文学应以享乐为目的，并以所谓官能的解放作为小说创作的一个重要主题，在虚构的世界中追求妖艳怪异的非现实的"美"。他们追求西方的异国情调，赞赏城市情趣、江户传统，远离现实，逃避现实，营造着他们个人向往的所谓美的小说世界。在大逆事件后明治政府的思想镇压的背景下，他们的小说创作被认为是"逃避的文学"。有人认为他们的文学与自然主义文学比较，虽然可以说是"享受文明的都市派的文学"，但是在反抗传统道德、因袭的层面与自然主义文学有着相同的一面。

（一）永井荷风

在唯美派的形成过程中，著名作家永井荷风起到了至关重要的作用。永井荷风出生于东京，其父是当时一流实业家知识分子。他曾在1902年发表了左拉自然主义色彩浓厚的作品《地狱之花》，可以说是自然主义文学的先驱式人物。他24~29岁的5年间，曾游学美国与法国，1908年7月回国之后不久担任了庆应义塾大学文学部的教授，并且创办、主编了杂志《三田文学》，成为日本唯美派文学的代表人物。他不仅是一个成功的小说家，同时在文学批评、文明批评等方面也有不凡的建树。他的文学创作运动贯穿明治、大正、昭和三个历史时期，长达50余年。在变化激烈的历史发展过程之中，他不为时代变化所动，竭力保持自己的创作个性，在小说、随笔、日记的写作以及翻译方面，显示出其创作的才能。永井荷风的文学建立在"西方与日本""文明与传统""近代与反近代"等诸多矛盾之上，他喜爱汉诗写作，江户艺术方面的造诣也很高，同时又接近西方文学，对西方文学有独到的理解。作为当时熟知西方文化的知识分子，永井荷风回国之后便对浅薄的日本"近代化"展开激烈的批评。在这点上，他时常被与森鸥外、夏目漱石相提并论。

归国之后，他根据自己的留学体验写作了《美国物语》《法国物语》，再次登上文坛。之后，又写下《隅田川》《新归朗者日记》《冷笑》（1919）等一系列作品。在《冷笑》等作品中，他对文明开化后逐渐西方化的日本现实进行了激烈的批评，同时对江户传统文化显示出强烈的兴趣。1910年5月"大逆事件"发生之后，他和多数文学家一样，未能以社会正义的名义向社会专制进行抗议，使之痛感自己的软弱与怯懦。他在小说《火花》（1919）之中表达了"大逆事件"对他自身的极大冲击，表示"自此以来，我觉得只有将自己的艺术品位降到江户戏作家的那种程度了"。1916年辞去大学教职后，他将自己的创作关注点放在了花街柳巷的风俗之中，他所创作的以《隅田川》开端的所谓"花柳小说"颇为引人注目，其代表作为《较量》。永井荷风的创作经过一段低迷时期后，在昭和年代再次迸发出新的火花，其主要作品还有《梅雨前后》《墨东奇谭》等。他的日记《断肠亭日记》贯穿着他一贯的反俗、反战、非妥协的态度。

（二）谷崎润一郎

谷崎润一郎出生于日本东京日本桥，家境不佳，但其学习勤勉，小学时期在老师的影响下开始关注文学，13岁时开始学习英语，接受古典汉文的阅读训练。在东京府立第一中学学习，1906年从第一高等学校毕业，进入东京帝国大学学习。大学期间，与小山内熏、和记哲郎等人创刊第二次《新思潮》（1910）。1910年（明治四十三年），谷崎润一郎携《文身》《麒麟》等短篇登上文坛。谷崎润一郎能够登上文坛，与永井荷风有着密切的关系。谷崎的创作以非同凡响的文体表现了"官能"的主题，为此得到永井荷风的赞赏与褒奖。永井荷风认为谷崎润一郎是一个"开拓了明治现代文坛至今未有人触及的艺术领域的成功者"，永井荷风的赞赏使谷崎一跃而入文坛，成为唯美派的代表人物、著名的新作家。

　　自明治四十三年至昭和四十年（1910—1965），谷崎润一郎的文学创作在日本文学史上留下了重要的一页。他的文学创作大致可以分为五个时期。第一个时期是所谓的"唯美主义时期"，这段时期指他登上文坛后最初的三年。第二个时期是所谓"摩登主义"时期，也就是大正时期的 10 年时间。在这段时期里，他发表了代表作《痴人之爱》，并且写了《异端者的悲哀》等自传体作品。第三个时期是所谓"古典回归"的时期，这段时期为昭和初年至昭和十年（1926—1935）。这 10 年的时间可以说是谷崎润一郎的创作盛期。他的代表作《各有所好》《盲人物语》《春琴抄》等都创作于这一时期。谷崎创作的第四个时期指其第二次世界大战期间的创作，在这段时期里他主要进行了两项工作，一是将日本古典名著《源氏物语》翻译为现代日语，二是写作长篇小说《细雪》。这两项工作的最终完成都在战争结束后，它们显现出谷崎润一郎文学回归日本传统美的创作特点。谷崎润一郎第二次世界大战结束后的创作被称为"老熟期"的创作，其代表作有《钥匙》《一个疯癫老人的日记》等。

　　谷崎创作早期正值明治末年、大正时期，是所谓"摩登主义"较盛行的时期。此时，谷崎以其内心深层的"被虐"的感觉，"将他头脑之中酝酿的怪异噩梦作为材料"，创造出"甘美酷烈的艺术"。《痴人之爱》等作品可以说就是这类创作的代表，这类作品以美国化的社会风俗为背景，以扭曲变态的心理为表现对象，展现了为普通人难以接受的社会现象。有人将他这段时期的创作称作"恶魔主义"创作。进入昭和时期以后，谷崎移居日本关西地区，在那里他结识了最终成为他的妻子的根津松子，并且深入接触关西文化风土，他对于日本古典文学的感受性得到新的磨炼，使他摆脱了东京都市文化的束缚，发现了新的文学天地。由此，进入了他文学创作上的"古典回归"时期。他在战争期间创作的代表作《细雪》正是建立在这一基础之上的，其也与战争的时代背景，与《源氏物语》的现代日语翻译有着密不可分的联系。

　　《春琴抄》是谷崎润一郎移居关西后发表的重要作品，小说塑造了一个叫

作 "春琴" 的古筝师傅,以她与她的徒弟、在她家做学徒的佐助之间发生的种种事件为主线,描写了貌美、技高、聪慧的女性春琴性格的乖戾,对艺术的专注与执着,同时也塑造了出于对春琴的崇拜而甘受折磨、最终以刺瞎自己的双眼表达对春琴真心爱慕的佐助这一人物形象。小说以关西地区的风情、传统的艺术为背景,营造了一个唯美的世界,描写了倒错的爱恋和扭曲的心理。在这部作品里,谷崎润一郎文学出发时期的女性崇拜、男性受虐的主题仍然被延续,只不过被掩藏在传统的艺术氛围和关西地区的风情之中。

三、白桦派文学

白桦派的形成与杂志《白桦》有关,白桦派的成员大都是《白桦》的志同道合者。白桦派的作家们多出生于名门望族,是日本近代培育出来的新一代上流阶层家庭的公子哥儿。他们在生活上不为衣食所苦,在思想上也不受传统道德的紧紧束缚,在文学上有着文学创作的充分物质保障,同时也有着充分的思想自由。他们大都曾经为托尔斯泰、基督教,以及否定阶级压迫、强调平等的社会主义思想所吸引,并因此而苦恼。他们相信无论采用何种形式,无论是小说,还是戏剧、论文、感想,只要能够自由地表现,就是真的文学、真的艺术,并因此登上文坛。他们不满自然主义文学家的痛苦呻吟、无力反抗、灰暗的表现,他们强调生命的力量、自我的追求,充满理想与自信。他们的小说或表现执着的自我追求,或展现理想的至高境界,或描写自我追求中的波折,或流露个人的平和心境……个人、自我、家庭等多是他们小说创作的主要题材。白桦派的代表作家有武者小路实笃、有岛武郎、志贺直哉等,其中武者小路实笃是白桦派思想上、文学上的领军人物。他们大胆肯定自我,强调文体的自然,使芥川龙之介后来评价他们的创作 "打开文坛的天窗,引入了清新的空气"。如果说自然主义文学是灰暗、颓丧、无奈的,那么白桦派的文学则是光明、向上、自信的。但是，白桦派文学与自然主义文学绝不是毫无相通之处的。它们都注重表现个人、家庭，都远离社会、政治，都关注个人的内心世界，都在寻求自我的真实。在一定意义上，可以说这也构成了日本近代小说的一个重要特点。

（一）武者小路实笃

白桦派文学艺术运动是关系极为密切的朋友相互影响下自然形成的运动，武者小路实笃是这场运动的核心人物。他出生在一个代代公卿的家庭之中，性格十分开朗，具有强烈的自我精神，是一个乐观的理想主义者。《天真的人》《不谙世事》是其早期的两个短篇，都是以青年恋爱为内容的。在前者中，作者通过主人公单相思的恋爱事件表现了自我的强大与纯粹，在后者中描写了作者与第一个夫人走向婚姻的过程，同样传达了作者本身的自我确信和自我贯彻的内在精神世界。武者小路实笃自1914年（大正三年）开始对外部社会表示关注，表现出人道主义的关怀。1915年发表的剧作《其妹》描写了一位在战争中画家的悲剧。在这一悲剧的描写之中透露出作者的反战意识。武者小路实笃的人道主义理想的具体实践体现在1918年他所建立的"新村"。在这个乌托邦式的村落里，他和与他志同道合的伙伴一同耕作，一同进行文学创作，寻求自由平等的生活。在8年的时间里，他创作了一系列作品，其中的《幸福者》《友情》等都是他的代表作品。

（二）有岛武郎

在白桦派作家群体中，有岛武郎（1878—1923）的创作是不能不提的。有岛武郎同多数白桦派作家一样，毕业于贵族学校"学习院"，后在札幌农业学校学习，在那里成为基督教徒。1903年留学美国后，他逐渐对基督教持怀疑态度，最终抛弃基督教信仰。他与其他白桦派作家的最大不同就在于，他不仅仅关心个人的自我实现，而且密切关注阶级的、社会的矛盾，自我的存在与外部社会紧密联系在一起，试图使二者达成统一，并为之而苦恼。因此，这部作品表现出作者对下层劳动者的关注与同情。《该隐的后裔》是他的另一代表作，同样也表达了对生活在社会底层的人物的关注。长篇小说《一个女人》是有岛武郎的一部重要力作，在白桦派文学创作中，与志贺直哉的《暗夜行路》具有同样无法忽略的地位。这部作品以一个强烈主张自我的新女性为主人公，描写了主人公争取自我过程中的努力、挫折、失败、悲哀与痛苦，揭示了近代人争取自我的艰辛与挫折，寄托着作者对处于弱势地位的女性的同情，也曲折地表达出作者自身争取近代自我过程的痛苦内心。

（三）志贺直哉

志贺直哉是白桦派的重要代表作家，与其他白桦派作家相比较，他在文学创作上所取得的成果最为丰硕。他的创作忠实自我，情感真实，文字平实简洁，文体凝练，毫无矫揉造作之风，赢得了读者和评论家的高度赞扬，成为许多作家学习模仿的对象，享有"小说之神"的美称。他的文学创作大致可以分为两大时期，一为前期，一为后期。前期为1910年（明治四十三年）至1914年（大正三年）之间，后期为1917年之后的创作，前期的创作特点在于他竭力在作品中表现自我、贯彻自我，与外部自然、社会、他者呈对抗姿态。后期的创作则发生了根本性变化，他在作品中试图表现与外部自然、社会、他者的调和姿态，寻求和谐、平和的人生表达。当然，也有研究者将他的创作分为四个时期，认为第一个时期为1910—1914年间，是他的战斗时期，此时他是一个"战斗的人"；第二个时期是1917—1928年间，是他的和解时期，此时他是一个与外部世界"和解的人"；第三个时期是1933—1945年间，是他的观望时期，此时他是一个"观望外部世界的人"；第四个时期是第二次世界大战之后，是他的回想时期，此时他沉浸在对过去的回忆之中，是一个"回忆的人"。

同其他白桦派作家一样，志贺直哉在思想上受日本基督教人士内村鉴三、俄国作家托尔斯泰的影响巨大，形成了爱憎分明的性格，以及憎恶虚伪、邪恶的正义感，在早期创作中，他坚信自我感觉，竭力从个人的角度表现其强烈的自我与他者之间的紧张关系。其早期创作的主题多与他和父亲的矛盾冲突有关，志贺直哉父亲作为实业家的功利性、保守性的生存态度与志贺直哉非功利性、坚持自我的生存态度在此时产生了激烈冲突，这种激烈的矛盾冲突可以说促成了其早期文学的创作。他的代表作《大律顺吉》集中表现了这一创作特点。其成名作《到网走去》《清兵卫与葫芦》等短篇都是其早期创作的优秀代表。志贺的小说多数以表现个人的情感世界为主，他的小说十分关心个人的自我以及与自我相关的人。他的后期创作与大正年与父亲达成的和解有着密切的关系，和解的喜悦，以及和解后形成的平和心态促成了中篇小说《和解》的创作，而大正二年发生的撞车受伤所引发的对生与死的思考促成了短篇作品《在城崎》的发表，险些遇难的个人体验使他注意到三个小生物的死，通过对三个小生命的死与个人心境变化的描写，志贺直哉表达了其东方式的生死观。在以后的创作中，他越发注意在小说中表现个人的心境变化。其后期的主要代表作品《暗夜行路》是志贺直哉唯一的一部长篇小说，其前篇完成于 1921 年（大正十年），后篇的一半完成于 1922 年、1923 年，另一半完成于 1926—1928 年间，最后的部分完成于 1937 年。这部写作时间长达 16 年的作品写了主人公"时任谦作"的种种人生苦恼，以及在解决这种种苦恼之中成长过程的内心世界的变化。作品所描写的世界尽管并非志贺直哉个人的世界，但是这部作品往往被认为是作者本人的个人精神成长史，小说主人公的成长变化和作者本人的成长变化几乎有着相同的一面，主人公的性格和作者的性格也十分相似。

与自我破灭型的"私小说"比较起来，志贺直哉以个人内心世界为题材的小说被认为是"自我调和型"的，这类小说被称为"心境小说"。"心境小说"可以说是由志贺直哉开辟的一块新的天地，它成为"私小说"的一个重要组成部分。志贺直哉往往通过创作来解决自己个人的生活危机，一旦危机消除，他就会断然搁笔。当然，他的作品也不仅仅是以其个人生活为主题，也有一些非私小说的作品，如早期作品《剃刀》(1910)、《清兵卫与葫芦》(1913)、《赤西蜘太》(1917)等。

四、新思潮派

(一)芥川龙之介

芥川龙之介是新思潮派的主要作家，原姓新原，随母家姓。芥川自幼身体孱弱，性格怯懦孤独。但他聪颖过人，广泛地涉猎汉文学和历史书籍。在恋爱失意之时，他更耽于书海，企图忘记自己的痛苦。这一时期，芥川对社会科学，特别是社会主义和无政府主义抱有很大的兴趣，更加如饥似渴地阅读西方文学，并动手翻译西方小说。他从古今东西(方)、和汉和洋的典籍中的众多事件和人物中受到启发和刺激，结果这些都在其后他的小说创作中展示了极其多彩的变化。

大学期间，芥川参加了新思潮派的文学运动。新思潮派追求西方世纪末的艺术方向，大大地刺激了芥川对文学创作的热情，那时发表的作品《老年》《青年与死》等习作，都与这一唯美颓唐的世纪末思潮有着不可忽视的联系。接着他发表了《罗生门》《芋粥》，尤其是《鼻子》之后，由于受到夏目漱石的赏识，促使他下决心当个作家，从事专业创作，并创造自己独特的艺术世界。也许是他所处的时代，是艺术最兴隆的时代，他在这个时代的艺术氛围中，通过自己的奋斗，短短11年的创作生涯，就给后世留下了166篇作品，出色地丰富了近代日本文学的历史。

芥川年轻时诸事不顺，母亲的发疯、父亲的事业失败和自己的初恋失意，给他带来精神上的极大痛苦，在他的人生观上留下了长长的阴影，他对生活、艺术和时代的未来，都产生一种“漠然的不安”。他踏足文坛时，正是早期无产阶级文学和“民众艺术论”席卷日本文坛，自然主义盛极而衰，各种反自然主义文学蓬勃兴起的时期。在种种文艺思潮的冲击下，他以冷静的旁观者的眼光，来审视各种文学观，从而做出自己的选择。他发现作为艺术上的最高理想，不是"无产阶级文艺的呼声"，而是他所倾听的两种"呼声"——"野性的呼声"和"西洋的呼声"。

按照这两个"呼声"的意思，芥川以历史题材写小说。不是就历史写历史，不是以再现历史为目的，而是表现自身设定的主题，并使之作为艺术化的手段；由于时代的制约，不便直接将今天的社会状态或异常的事件写成小说，因而借助历史题材来再现今天发生的事；将历史的事件寓意化，通过历史人物来表达自己的主观思想。为此目的，他在一切古典包括稗史、野史、神话、传说乃至史实中寻找作品的材料，来刺激自己的艺术感兴，反过来又将自己的感兴融会在历史的素材中。这是芥川龙之介的第一个"呼声"——"野性的呼声"。

芥川龙之介的第二个"呼声"，就是"西方的呼声"。他说："西方呼唤我的总是来自造型美术。扎根于这种西方深层的东西，总是不可思议的希腊……这些作品之美，是希腊诸神之美。……只有在希腊，我感到与我们东方对立的西方的呼声。"

芥川的"西方的呼声"与"野性的呼声"两者是既对立又统一的，即融合东方与西方对立的文艺精神和技法，来营造自己独有的新的艺术世界。他一方面探寻日本的古典世界，着力发掘《今昔物语》等古典文献的艺术生命，从中获得力量，以重建自己的人生和艺术；另一方面倾听"西方的呼声"，通过西方的造型美术和文艺，加深对西方文学艺术的理解。所以他在理解西方文艺的基础上，学习西方近代小说的技法，并根植在日本文学的土壤上进行革新。

在这种文艺观的支配下，芥川的历史小说主要通过历史的传说和故事来反映现实，解释人生。他的历史题材之所以先取自《今昔物语》，原因也在这里。因为这部日本从古代文学到中世纪文学转折期诞生的说话集，利用从天皇、武士、平民直到盗贼、乞丐的种种故事，以及有关狐狸、天狗、鬼怪等妖怪谈的集录形式，描绘出众多的跃动的人物形象，并摸索出担负下一时代历史使命的新的人物形象，这不仅与芥川喜欢表现平民、喜欢妖怪谈的兴趣相投缘，而且与芥川要在追求精神的革命和新的艺术中发现人与生命的目的是相契合的。所以他十分关注的是物语中"修罗、饿鬼、地狱、畜生的世界"，是"描写他们在最野蛮——几乎是最残酷中的痛苦"，从他们那里发现"野性的美"的存在。《罗生门》和《鼻子》是芥川的主要代表作。芥川在相同或近似的命题下，还写了《酒虫》《芋粥》《猿》《香烟与恶魔》等小说。作为成功之作的《地狱变》，描述王朝的一个画匠，为了把握真实的美，竟不惜残忍地牺牲自己的女儿，完成了一幅妖血斑斑的"地狱图屏风"。作者通过画匠这种浪漫主义的作风，来揭示艺术和道德的矛盾和冲突，暗喻这一时代文明背后的人性的纠葛，并表达了作家本身在艺术上精厉勇进的精神。这部作品颇具传统绘卷的色调，开辟了一个独特的艺术世界，达到了前人所未达到的意境，在日本近代文学史上大放异彩。

后期的芥川改变了创作历史小说的路径，以现实生活为主要题材，描写自传性的或自己身边发生的故事。《大导寺信辅的半生》《点鬼簿》《河童》等都是有代表性的自传性的作品。《河童》实际上就是作家本人所经历过的故事。他笔下所塑造的各个河童的形象，都是作家自己的分身，一个个分身的统合体，就是一个实实在在的芥川龙之介。但作品不是一般的自传体小说，而是通过河童国这一奇特的创意，自由地打开自己的心扉，尽情地倾吐自己苦楚的人生。这样的艺术构思是继承物语的结构模式，各章节既有联系又可相互独立，一个个河童在独立的章节中展现各自的形象，在相互联系中又共同形成一个整体的人间世相，奏出一曲诗魂的悲怆的旋律。

芥川龙之介最后还留下随笔《侏儒的话》《一个傻子的一生》，其中对生存不安、对时代不安的心路历程，表露无遗。可以说，这是作家自身的精神。这时候，芥川本人虽然也"想暗示在那个世界里新时代的某些事情"，但他已自觉到这时候自己"已经没有与时代拥抱的热情"。事实上，在这些后期的作品里，充分反映出他在时代的压抑下精神负荷的沉重，已经大大地超过了他的衰弱的肉体所能支撑的程度。

芥川谈及这个问题时还说过这样一段话："遗传、境遇、偶然——主宰我们命运的毕竟是这三者。"（《侏儒的话》）所以决定他的命运的，"四分之一是我的遗传，四分之一是我的境遇，四分之一是我的偶然——我的责任只是四分之一"（《暗中问答》）。换句话说，他只有四分之一的能力来主宰自己的命运，实际上他已不能主宰自己的命运。于是企图笃信基督教来寻找精神的寄托，但现实的压迫使他受到更大的折磨，他无法再相信上帝能创造奇迹来解救他的不幸的命运。他的"临终遗言"已流泻出悲怆的光。于是他在"落寞的孤独"之中，写下了遗书《给一个旧友的手记》，披露了一个自杀者的心理。

芥川这封致久米正雄的遗书，说明自己"对将来的漠然的不安"之后，就抱着"希望已达之后的不安，或者正不安时的心情"（鲁迅语），于1927年35岁时，服下致命的安眠药，结束了风华正茂的年轻生命。

芥川龙之介以其不朽的业绩，为近代日本文学画上了一个清晰的美丽的句号。

（二）菊池宽

大众文学产生的重要条件离不开出版业的进步和媒体的发展，口头文学的"讲谈"之所以能够成为大众阅读读物，其根本就在于速记技术的开发和甲午战争后出版技术的迅速发展。报刊连载小说这种文学形式的产生也同样与报纸媒体的发达有关。大正时期是通俗杂志（妇女杂志、儿童杂志、故事杂志等）不断创刊的所谓"杂志的时代"。正是铅字媒体的不断发展，才促成了日本大正文学。

大约在1924年（大正十三年），日本的新闻媒体上开始出现"大众文艺"

这个词。1926 年，通俗小说作家白井乔二等人组成的"二十一日会"，创办了会刊《大众文艺》。翌年，"二十一日会"的成员们参与策划的、白井乔二花费很大气力出版的《现代大众文学全集》公开发行。由此，日本现代大众文学成为现代日本文坛的重要一支。追根溯源，村上春树、塚原涩柿园等创作于明治三年的"时代小说"，以及黑岩泪香等人明治三十年的侦探小说等通俗小说的翻译，都对日本大众文学的形成产生了重要影响。但是，一般认为日本大众文学的发展得力于以下四方面的文学：首先是口头文学"讲谈"，三过亭圆朝的讲谈"速记本"以及讲谈师的口述笔记早在明治前期就已存在、流行，到明治中期，又出现了为大众所欢迎的"讲谈本"。"讲谈本"原本是记录"讲谈"的文艺形式，到明治末年至大正初年的这段时期，这种文艺形式发生了本质性变化。"讲谈本"从"讲谈"的记录整理，发展为以书写者创作为主的讲谈作品。真正使之系统化的是明治末年在大阳发行的"立川文库"，大正初年"立川文库"成为最吸引少年读者的大众文学丛书。1911 年，日本讲谈社（当时名为"日本雄辩会讲谈社"）创刊《讲谈俱乐部》，刊载新讲谈、新落语，开始普及"书写的讲谈"，并因此获得成功。其次是由"新讲谈"派生出的"历史小说"，当时在读者群中产生巨大影响的主要有中里介山的《大菩萨山口》和白井乔二的《站立在富士的影子》，这些小说作品长期在报刊上连载，赢得了许多读者。《大菩萨山口》曾得到谷崎润一郎的高度评价，小说主人公"机龙之助"的形象影响到以后"时代小说"人物的塑造。另外，影响到日本大众文学形成发展的还有侦探小说。1920 年创刊的《新青年》开始仅以翻译介绍外国推理小说为主，自1923 年江户川乱步携《二分硬币》登上文坛之后，该刊除发表推理小说以外，还开始刊登含有怪诞、幻想色彩的独特"侦探小说"，以后，横沟正史担任《新青年》的总编，培育了一些有影响力的侦探小说作家。这些作品在日本大众文学发展过程中起着推波助澜的作用。影响大众文学发展的第四类文学形式，就是所谓的"通俗小说"。这类小说作品多以现代家庭为描写对象。明治时期的德富芦花的《不如归》、尾崎红叶的《金色夜叉》等作品可以说开这类小说之先河，报刊文艺栏的连载小说栏目是此类小说作品发表的主要园地。大正时期，最具影响力的通俗小说作品是新思潮派代表作家菊池宽创作的《珍珠夫人》，这部作品获得的成功，使纯文学作家菊池宽走向长篇通俗小说的写作。与此同时，从纯文学创作转向通俗小说创作的还有新思潮派作家久米正雄等人。他们的通俗小说作品往往以妇女杂志为背景，表现为丈夫的利己、社会因袭而痛苦的妇女走向自立这样的主题，从结果上看，这些作品所描写的往往是以男性为主人公的纯文学所忽略的一些问题。

菊池宽在《新思潮》的同人作家中出名比较晚，他的剧作《屋顶上的狂人》《父归》《藤郎的恋爱》，以及私小说作品《无名作家的日记》、历史小说《忠直卿行状记》等奠定了其在日本文坛的地位。但是，相较而言，菊池宽的创作成就主要在于他所开辟的通俗小说领域。1920 年，他在报纸上发表了长篇通俗小说作品《珍珠夫人》，这部以资产阶级妇女为读者对象的通俗作品为日本文坛通俗小说的创作提供了范例，也使菊池宽在文坛上获得了稳固的地位。1923 年，他联合一批年轻有为的文学家创办了杂志《文艺春秋》，并且推出了横光利一、川端康成等一批文学新人。今天最具影响力的纯文学大奖"芥川文学奖"、大众文学大奖"直木文学奖"都是由菊池宽创办的文艺春秋社创立的。有人认为，正是有了菊池宽的存在，日本文学家才会成为具有经济实力的社会名士，得到社会的承认，日本文坛才能奠定牢固的基础。他与日本大众文学的关系十分密切。

第三章 日本现当代文学欣赏

第一节 第二次世界大战前时期文学欣赏

一、第二次世界大战前时期文学概述

日本现代文学的发生不是偶然的，它与激烈动荡的时代背景有着密切的关系。第一次世界大战的发生、第一个社会主义国家苏联的创立、第一次世界大战后的一系列经济变动等，都对日本现代文学的发生产生了重大影响。如果说以写实的手法表现近代自我与市民阶层的社会现实是日本近代小说的基本特征的话，那么日本文学跨入现代的初期，这种近代小说的传统便遭到猛烈的破坏与强烈的反抗。造成这种反抗与破坏的原因有：第一次世界大战后出现的达达主义、超现实主义、未来派、表现主义等现代主义艺术运动的推动；在世界性经济危机中各国出现的革命文学、无产阶级文学的巨大影响。这种世界性文学艺术的变化促使日本文学发生了巨大的变化。这种巨大变化的标志为1924年日本文坛上出现的两部颇有影响的刊物——《文艺战线》与《文艺时代》。

《文艺战线》的创刊标志着无产阶级文学运动的勃兴，被认为是"革命的文学"的出现，而《文艺时代》则是来自一批文学新人向传统文坛的挑战，意味着"文学的革命"的成立。前者竭力在文学创作中表现革命运动、表现下层

劳动者，使日本现代文学在创作内容上发生了巨大的颠覆性的变化，促成了以后长达 10 年的无产阶级文学运动，在无产阶级文学运动的发展过程中出现了一批优秀的文学评论家与作家。后者集中了一些有志于文学变革的文坛新人，形成了日本现代文学史上的重要流派——"新感觉派"，他们试图以全新的文体与叙事创建起与近代传统文学不同的文学世界，同时他们又对无产阶级文学运动的兴起颇为不满，强调艺术自身的变革。尽管这两个刊物在文学观念、文学理论上有许多对立点，但是它们却具有共同的批判指向，这就是日本近代文学的写实主义传统。无产阶级文学试图在文学中反映社会、阶级、政治，将文学作为革命斗争的组成部分。因此，它们就要否定近代写实主义小说表现内容的狭窄，试图将文学引入一个广阔的社会背景之中。人们之所以将其称为"革命的文学"意即在此。而新感觉派的作家们则试图引入可以与世界文学同步的现代主义文艺方法，以全新的语言形式表现他们对新时代的新感觉，彻底颠覆传统的近代文学传统。因此，他们要否定近代小说的写实主义精神，从文学的表现形式上进行变革，创建他们自身的新文体。人们以"文学的革命"概括这一流派的特点，所看重的也是这一因素。这两大文学派别的出现都与第一次世界大战后西方文化、文艺思潮大量涌入日本，与日本的经济危机、社会动荡、阶级矛盾激化，与革命斗争风起云涌，与大工业发展中人们对于近代世界观、人生观的怀疑等有着密切的关系。由此，日本文学发生了全新的变化。

如果将日本现代文学划分时期的话，可以划分为两大时期：一是新感觉派与无产阶级文学出现后至第二次世界大战结束；二是第二次世界大战之后的文学时期。假如说革命的文学（无产阶级文学）与文学的革命（新感觉派文学）开始了第一时期的文学，那么它们之后出现的文学大都与它们保持着或多或少的联系。新感觉派以后出现的所谓"新兴艺术派"、新心理主义文学、行动主义文学可以说基本沿袭的是变革文学表现的路子，而无产阶级文学走向低潮以后出现的所谓"转向文学"则主要是由原无产阶级文学运动的参与者完成的文学创作，只是此时他们的创作没有了以前强烈的思想、政治倾向，而将个人内心的痛苦、对于转向的反省等作为创作的主要内容。当然，这一阶段的文学创作，也不仅仅局限在上述范畴，在新兴艺术派中，在 1933 年后的所谓"文艺复兴"时期，出现了一些与无产阶级文学、现代主义文学不同的新作家。尽管他们当时没有占据主流位置，但是他们的创作得到了以后文学研究者的充分认可。

二、无产阶级文学与小林多喜二

（一）无产阶级文学简述

19 世纪末 20 世纪初，随着日本产业革命的进展和资本主义的发展，日本加快了过渡到帝国主义的步伐。产业工人队伍也迅速壮大，形成了一支独立的阶级力量，不断开展反对资本家残酷剥削和争取生活权利的斗争。与此同时，欧洲的社会主义思想通过各种途径传播到日本，大正时期日本社会思潮从民主主义向社会主义演变，这些都促使了无产阶级文学的形成。1921 年创办的《播种人》杂志第二年 6 月刊登了平林初之助的《文艺运动和工人运动》一文，第一次引进俄国的"无产阶级文学"这个概念，它反映了当时社会主义思想和无产阶级文学思想的新倾向。

20 年代后半期，日本无产阶级文学从一再分裂的状态，开始一步步走向团结和统一，文学理论水平也不断提高。同时有了《播种人》《文艺战线》时期的创作实践经验和无产阶级作家深入工农生活的丰富的实际体验，特别是从 1928 年"全日本无产者艺术联盟"成立，到 1932 年无产阶级文学领域出现了许多具有更明确的思想性和更真实地描写了新的大众化的艺术作品，将无产阶级文学创作推向了高峰。

然而，日本的无产阶级文学毕竟是新生的、发展中的文学，因此还没有形成成熟的文学理论和属于自己的丰富的创作经验，这不可避免地给无产阶级文学作品带来了一定的弱点，主要表现为题材内容较狭隘，创作有概念化、公式化倾向等。

无产阶级文学的第一个繁荣期的代表是《文艺战线》，其作品主要有：叶山嘉树的《水泥桶里的信》（1925）、《生活在海上的人们》《卖淫妇》（1926）；黑岛传治的《两分硬币》《猪群》（1926）；藤森成吉的《茂左卫门遭极刑》（1926）；平林泰子的《治疗室》（1927），以及中野重治的诗和诗论。第二个繁荣期的代表性作品是《战旗》的同人们的作品，主要有：黑岛传治的《盘旋的乌鸦群》（1928）；小林多喜二的《一九二八年三月十五日》（1928）、《蟹工船》（1929）、《不在地主》（1929）、《工厂细胞》（1930）、《转型期的人们》（1931—1932）、《党生活者》（1933）等，以及德永直的《没有太阳的街》（1929）、中野重治的《初春的风》（1928）、《阿铁的故事》（1929）等。还有佐多稻子的《自牛奶糖厂》、宫本百合子的《一九三二年的春天》。评论方面有中野重治、宫本显治的《败北的文学》、藏原惟人的《艺术论》等。

在作家群体中，另有一些虽不能完全算是无产阶级作家，却认同无产阶级文学之创作理念的"同路人"作家，如山本有三、广津和郎、野上弥生广等。这些作家与无产阶级作家携手合作，开展了空前活跃的创作活动，为无产阶级文学的繁荣做出了贡献。

（二）小林多喜二

小林多喜二（1903—1933）出身于秋田县，后举家迁往北海道，25岁时加入工农艺术家联盟，第二年发表《一九二八年三月十五日》。日本无产阶级作家同盟创立时，小林多喜二是中央委员。同年发表了《蟹工船》和《不在地主》，他因此被银行解雇。1930年发表了《工厂细胞》，这一年他被逮捕了好几次。1931年加入日本共产党，同年发表了《转型期的人们》。1932年发表了《党生活者》。1933年2月20日，他与同事秘密接头时被特高警察逮捕，在严刑拷打下，当天壮烈牺牲。

《蟹工船》发表在 1929 年 5 月及 6 月的《战旗》上，发表后在社会上引起了很大的反响。

当时，评论家胜本清一郎竭力赞赏道："这是近来日本无产阶级文学中，不包括资产阶级文学的以往日本文学中最出色的作品。"这部作品与作者在写这部长篇小说时受到很大影响的叶山嘉树所著的《生活在海上的人们》一起被评为日本无产阶级文学最优秀、最具有代表性的作品。受到小林多喜二这部作品的鼓舞，无产阶级文学得到了空前的发展。

三、新感觉派与横光利一

（一）新感觉派简述

新感觉派的源流可以追溯到 1914 年第一次世界大战前后欧洲兴起的现代主义思潮，这些欧洲现代派文学艺术在 20 世纪初被介绍到日本。如森鸥外于 1909 年翻译了意大利诗人马里内蒂的《未来派宣言》等。

1923 年发生的关东大地震，引起了日本国内政治经济的大混乱，并给日本社会、文化生活带来严重的危机。与此同时，俄国十月革命的胜利，促进了马列主义在日本的传播，工农运动方兴未艾，日本统治阶级在大地震后，以维持治安为借口，对工农运动进行残酷的镇压，整个日本处在一片白色恐怖之中，破坏性的虚无思想、瞬间的享乐风潮席卷全国，造成人们精神上的窒息与荒废。他们对自己在社会上的生存感到不安，产生了消极和绝望的情绪，竭力挖掘自我内心的不安，追求刹那间的美感与感官上的享受以及日常生活中非现实的东西。这种精神上的变化，使新文学的出现成为可能。许多新的作家开始对旧的文学传统、旧的文学表达方法和旧的文学形式表示怀疑和叛逆，乃至全面否定和破坏，尝试着探索一条新的文学创作之路。

　　当时，无论在社会条件方面还是文学方面，都为一种新文学的诞生提供了实现的可能性，新感觉派的诞生和发展将这种可能性变成了现实。

　　1924 年，片冈铁兵、川端康成、中河与一、横光利一等创办了《文艺时代》杂志，以"从宗教时代走向文艺时代"为口号，主张新生活和新文艺，给文坛吹进了新风。他们对一切旧有文学形式提出否定，主张追求"新的感觉、新的生活方式和对事物的新的感受方法"，提出表现形式上的革新。这批新感觉派引进了欧洲的达达派、未来派和表现派等，并用这些表现手法进行文艺创作。川端康成和片冈铁兵是这一派的理论支柱，新感觉派诞生之后，与无产阶级文学一起，在日本现代文学史上，共同推动了日本文学的新的发展。

　　新感觉派重视主观的表现、艺术的象征和形式的革新。代表作品有：横光利一的《太阳》《苍蝇》《头与腹》《春天马车曲》《静静的罗列》等；川端康成的《感情装饰》《梅花的雄蕊》《浅草少男少女》；片冈铁兵的《幽灵船》《钢丝上的少女》；中河与一的《刺绣蔬菜》《冰雪舞厅》等。

　　由于新感觉派诞生时就带有它自身的不足，如它强调自我的主观感受，排斥理性；强调形式，轻视内容；一味抛弃日本的传统文化，对自己生活的时代不关心，脱离现实等，这些导致了其后在文学实践活动中的失败。连这个流派的主力作家川端康成也说："从被称为新感觉派的诸位作家的作品中，我很少感受到新时代的生活气息。"鉴于此，川端康成开始重新审视自己的文学创作，经过了新心理主义的创作实践后，他转而开始重视日本的传统与西方现代文学形式的统一，他在东西方文化的结合点上找到了自己的位置，这在他的《伊豆的舞女》中有很好的体现。另一新感觉派的小将横光利一也以发表《上海》《机械》《寝园》为契机，从感觉主义、形式主义转向新心理主义。1928 年左右，新感觉派作为一个文学流派明显地走向解体。

（二）横光利一

横光利一（1898—1947）生于福岛县，就学于早稻田大学，后因故退学。1923 年，他发表了《口轮》和《苍蝇》，被视为具有大胆的崭新表现手法的作家。第二年，同川端康成等一起创办《文艺时代》，站在新感觉派运动的前列。自从 1928 年发表了《上海》后开始转向新心理主义。1930 年发表的《机器》和 1934 年发表的《家徽》都是以心理主义手法来描写知识分子的自我意识的作品。从 1937 年起开始创作长篇《旅愁》，直到 1946 年也没能写完，1947 年去世。《旅愁》描写的是东西方文化的碰撞，他在这部未完成的长篇里，最终肯定了日本的传统文化。

第二节　第二次世界大战后时期文学欣赏

一、第二次世界大战后时期文学概述

日本战后文学是指第二次世界大战以后的日本文学。许多著作将战后文学放在现代文学部分叙述，这种做法也有它的道理，但笔者认为，战后文学的基本特点是绝大部分作品描写的都是有关战争的，这跟以往的任何一种文学都不同。无论是形式还是内容，都没有办法放在一起探讨，因此本书将战后文学另列出来进行讨论。

1945 年 8 月 15 日，日本接受波茨坦宣言，无条件投降。美军以同盟国军的名义占领日本，开始了日本现代史的重大转折。

总之，以 8 月 15 日为界，日本经历了那历史性的窒息般的严重损失之后，进入了一个新的、充满考验的困难时代，这是一个很大的转折点。

美国占领军占领日本后，强制性地推进日本非军事化和民主化，实行五大改革，即废除专制政治、实行经济制度民主化、解放妇女、鼓励组织工会和教育自由化。尤其以废除天皇制作为其民主化和现代化的中心任务。战后日本思想界、文学界也以批判天皇制为出发点，引进西方各种现代思想，形成一股强大的人文主义思潮。

二、战后派文学

战后的新时代呼唤一种新文学。战后派的诞生，已成为历史的必然。战后新创刊的《近代文学》和《新日本文学》代表着新生一代的战后派文学，传统文学派老作家的复出，占据着战后文坛的中心位置，成为战后日本文学的起点。这多种文学力量的结合，还直接影响着战后日本文学的进程和变革，恢复了日本文学的生机，促成战后文学史的展开。

日本无条件投降两三天后，藏原唯人立即联络壶井繁治、宫本百合子等推动日本新文化和新文学的重建。同年 10 月 29 日，宫本百合子发表《新日本文学的开端》，先就 15 年战争时期的文学进行了回顾与批判，指出旧日本文学已经完全崩溃，但这并不表明日本的文学精神在丧失。日本文学要重新出发，就必须认清文学精神的本质。后来，藏原唯人于 11 月 10 日发表了《向新文学进发》一文，主张"恢复文学自身的艺术性"，强调"作家要与民众生活在一起，战斗在一起，了解民众的苦与乐""艺术的形象和样式尽可能多种多样""要充分发挥各个作家的个性"等。这篇论文发表后 5 天，山宫本百合子、中野重治、藏原唯人、德永直、秋田雨雀、江口涣、壶井繁治、藤森成吉、洼川鹤次郎等 9 人发起，成立了新日本文学会，并创办《新日本文学》杂志。老作家志贺直哉、野上弥生子、广津和郎等 3 人作为赞助人，其后正宗白鸟、宇野浩二等也加入赞助人的行列。为了适应战后的时代变化，新日本文学会规定："新日本文学会不是无产阶级团体的简单的恢复，它是适应新的民主主义革命进展而成立的，它必须为一切民主主义文学的前进而斗争。"

宫本百合子抱着强烈的历史责任感，在《新日本文学》试刊号上发表了具有历史性意义的《歌声哟，响起来吧！》一文，强调："所谓民主文学，就是意味着我们每一个人都要为社会和自己合乎历史逻辑的发展而献身，就是要唱出完全真实的反映世界历史的必然趋势的歌！"

从 1946 年 1 月起，战后日本文学突破战时设置的长期文化锁国的樊篱，战争期间保持沉默的传统派作家，或被禁止执笔的不顺应"国策文学"的作家，首先活跃起来，迈出了再出发的第一步。比如，一直搁笔的新浪漫主义作家永井荷风和前白桦派作家志贺直哉率先分别发表了作品《舞女》《灰色的月亮》，后者用凝练的笔触，精确地描写了车厢里一个少年工人饥寒交迫的形象，以反映日本战败后粮食缺乏，老百姓忍饥挨饿的战后严峻的现实，震惊了文坛。此外，正宗白鸟的《战争受害者的悲哀》、野上弥生子的《砂糖》、丰岛与志雄的《波多野邸》、宇野浩二的《龙胆草》、川端康成的《续雪国》、广津和郎的《疯狂的季节》、井伏缚二的《今日停诊》等，都是这些名家复出后的第一批作品，也是战后文学复兴后的开篇之作。作为传统文学的私小说、心境小说的中坚作家，比如上林晓、尾崎一雄、檀一雄等也纷纷登场，他们一如既往地脱离热火朝天的战后的现实生活，将自己闭锁在一方小天地里，咀嚼自己生活中的种种体验。其中上林晓的《在圣约翰医院》、平林泰子的《这样的女人》、尾崎一雄的《虫子的二三十》等都是战后私小说的代表作。

传统文学大家和中坚作家的作品，填补了战时和战后初期的文学空白，显示了他们传统的文学功力和较高的艺术修养，对战后那些对文学如饥似渴的读者来说，不愧是美味的飨宴。可是，这些文学作品一个很大的弱点，就是不贴近社会生活，尤其是私小说和风俗小说，并没有随着战后文学革新而有所变化。相反，在既成文坛中，还有一批与上述传统文学作家具有鲜明对立意识的作家，比如太宰治、石川淳、织田作之助、坂口安吾等，试图以反传统的文学理念和方法，来反映战后人们的虚无、颓废和绝望的心境。当时文坛将他们称作"新戏作派"或"无赖派"。

同时，战后日本文坛对西方文化、文学表现出强烈的关心，广泛地翻译西方的文学理论，引进西方的各种文学思想和理念。青野季吉、小林秀雄、中村光夫、河上彻太郎、渡边一夫、桑原武夫等一批中坚文学评论家、文艺学学者，以自己的学识和良知，进行战后的启蒙批评活动。他们引进西方的知性和现代人文精神，批判日本社会文化和文学的封建性、落后性和贫弱性，为确立战后的社会文化和文学而努力。

新日本文学派方面，产生了宫本百合子的《知风草》《播州平原》、德永直的《妻啊，安息吧》、中野重治的《五勺酒》、野间宏的《阴暗的图画》《脸上的红月亮》、金达寿的《玄海滩》等一批优秀作品。它们不仅多角度、多方位、多层次地反映了战后反对绝对主义天皇制、控诉侵略战争、揭露美国投掷原子弹造成的苦难等人民的生活和斗争，而且在克服因创作方法单一和题材狭隘而使作品流于公式化的缺点方面，以及在尊重文学的特殊性和作家的个性，积极探索文学形象和模式的多样化方面，都迈出了可喜的一步。他们为拓展民主主义文学的创作道路做出了自己历史性的贡献。

1946年1月，平野谦、本多秋五、荒正人、植谷雄高、山室静、佐佐木基一、小田切秀雄等7名评论家创刊《近代文学》，标志着战后派文学的诞生。《近代文学》一度全体参加了新日本文学会及民主主义文学运动，同时《近代文学》还数度扩大同人，并将一批战后作家送上文坛。他们中有作家野间宏、梅崎春生、中村真一郎、椎名麟三、植谷雄高、大冈升平、武田泰淳、掘田善卫、安部公房，以及评论家花田清辉、福田恒存、加藤周一、寺田透等。

《近代文学》以"确立近代的自我"的文学批评先行，尊重人和自由，摆脱包括封建主义在内的意识形态的束缚，追求文学的真实性，反对文学的功利主义，提倡艺术至上主义。比如，本多秋五的《艺术·历史·人》、荒正人的《第二青春》就艺术至上主义做出了自己的解释，反映了《近代文学》在思想上和文学上的真正立场，迈出了战后派文学的第一步。

这些战后评论家以文学批评先行，战后作家则在实践中跟上野间宏率先发表了《阴暗的图画》，接着植谷雄高的《死魂灵》、梅崎春生的《樱岛》、中村真一郎的《死亡的阴影下》、椎名麟三的《深夜酒宴》、武田泰淳的《蝮蛇的后裔》等也先后问世。这批作家和一系列作品在人的观念、文学的观念和文学的方法上，强烈地显示出战后的新特点。他们在内容与形式的新变革上，不是与战前文学简单地嫁接，而是在批判和否定战前文学的基础上大胆创新，实现了思想内容和审美观念的重大变革。日本文学史上称他们为第一批战后派作家。

在战后派评论家中，加藤周一、中村真一郎、福永武彦发表了《1946 年文学考察》，这是作为"创造性的战后代"的他们三人通过与西方的思想、文化和文学的比较研究，对战时的日本社会文化进行了激烈的批判，同时对日本文化和文学的传统与现状做了理性的思考。他们在文中指出，战争期间，由于日本文学从属于法西斯，"从战争到战后，日本没有足以对抗外在现实的、完成内在力量充分成长的作品"，强调要进行民主主义力量的变革就必须既要反对顽固狭隘的超国家主义，又要反对具有极端破坏性的"革命精神"，这样才能在日本人中"培养理性和人性"。与此同时，他们以西方的合理主义精神，批评近代日本文学的"远离普遍性和贫弱"，并把战后文学起步时的重大课题——"革命的文学和文学的革命"中的"文学的革命"，作为奋斗的目标。他们抱着改革日本文学的极大激情，发出了战后文学批评的第一声，给战后文坛带来了很大的刺激和震动。中村真一郎概括地说："从整体来说，战后文学具有'革命的文学'和'文学的革命'这种广阔的视野。"可以说，战后派既有别于战前无产阶级文学所提倡的"革命的文学"，也有别于艺术派文学所主张的"文学的革命"，它具有双重的性格。

整体来说，战后派文学具有新的特点：（1）具有强烈的社会性。战后派文学家关心的都是直接与战争有关的涉及绝对主义天皇制、战争责任、战争与和平、民主主义等问题，特别是涉及由于战争而暴露出来的社会与人，以及文学上的封建性问题，并对这些问题进行反思。他们在文学范围内，以自身的战争体验，从多角度来探讨人在战争中的奇异行为，揭示人性的阴暗面，以及战争给人们留下的创伤。比如野间宏、加藤周一积极批判专制主义天皇制，椎名麟三、梅崎春生揭示战争泯灭人性，大冈升平通过俘虏生活暴露战争罪恶，武田泰淳、掘田善卫深入挖掘战争与国家、民族问题等。（2）具有强烈的自我意识。战后派文学家重新确立近代的自我，比如在批判绝对主义天皇制和追究战争责任等问题上，就强调要与根植于自身内部的半封建性质的感觉、感情、欲念做斗争来确立现代人的自我，从孤立的自我内部来发现新的观念世界。野间宏在《阴暗的图画》中借主人公深见进介的口说，"在日本，还没有确立自我，必须不断追求自我的完成""除了构筑起探求自我完成的道路以外，别无其他生存的路"。植谷雄高甚至认为，"在文学上，确立现代的自我比追究战争责任更为重要"。这种认识是以痛切的战争体验为基础的。（3）具有新颖的表现方法。战后派文学家突破传统的反映论模式，注意审美价值取向的多元性，在改革表现方法上也做了大胆的尝试。尽管战后派作家各自的创作方法不尽相同，但在表现的主体，即把表现的对象转向人的内心世界这点上，则是相同的。

战后派文学最具有代表性的作家是野间宏（1916—1991）。野间宏走上文学道路之初，就广泛接触西方的思想和文学艺术，阅读瓦莱里、巴尔扎克、福楼拜、布鲁斯特、纪德、陀思妥耶夫斯基等西方作家的作品和移植过来的西方传统哲学。这对于他的文学创作的独特艺术风格的形成产生了重大的影响。他的中篇小说处女作《阴暗的图画》不仅使他初展才华，还作为战后派文学的第一作，确立了他在战后派的核心地位。小说以"七七事变"后日本国内强化战争体制的史实为背景，描写了主人公深见进介看到京都大学的左翼学生运动遭到镇压，十分憎恶严酷的社会现实，但他又无法与人民阵线的同学们一起坚持参加抵抗运动，引起了同学们的不满，因而陷入了无法排遣的不安、孤独和痛苦之中。他摩挲着曾给自己留下深刻印象的勃鲁盖尔的画面所飘溢出来的阴暗的苦恼、呻吟和慨叹，将自己的性欲与战争和社会的黑暗压迫下的痛苦叠合起来，试图以此拯救自己的魂灵。最后他再一次"回到以宇宙的全力支撑着我的脊梁的那个位置"。作者以批判的笔触，通过描写勃鲁盖尔的"阴暗的图画"所表现出的人们在专制主义统治下的痛苦的形象，揭示了知识分子在军事法西斯的黑暗统治下迷惘、苦闷以及苦苦地"探求确立自我"，隐喻地表露了从自我丧失到自我完成的挣扎，暴露了背后压迫着自我的沉重的社会桎梏。同时，作品文体明快平易，是日本语的一种新的表现。

作家以现实主义手法作为文学创作的基本方法，但又没有停留在单一的创作方法上，而是抱着革新日本近代文学传统的满腔热情，不断探索着多种创作方法，走兼容并蓄的艺术道路，完成了《脸上的红月亮》和《崩溃的感觉》。《脸上的红月亮》讲述从南洋战后复员归来的内心受到战争创伤的士兵北山，与战争寡妇仑子邂逅，拨动了他的恋心。然而仑子脸上的痛苦神情，勾起了他对战争往事的回忆。尤其是当北山眼帘里映现出脸上的斑点幻成一轮又红又大的圆月亮时，他又联想起在战场的红月亮下，自己为保存性命对疲惫倒在泥泞路上的战友见死不救的情景。现实中，对于仑子的痛苦他也爱莫能助。他无法摆脱战争压在自己身上的重负，也无法在与仑子的爱情生活里迈出新的一步。这两部作品都描写了战争给人们的精神和肉体留下的伤痕，并探讨战争带来的人性的泯灭，它们成为野间宏的战后初期的代表作。

经过战后初期的创作实践。野间宏的认识有了新的飞跃，开始从生理、心理、社会三个层面来综合地把握人与社会，探索日本发动侵略战争的性质和根源。这不仅为野间宏建立文学的多维架构和开创综合小说的写作方法，而且为战后文学开辟了广阔的道路。具体体现这一创作思想的，是《真空地带》。作家在这部作品里，描绘了一个上等兵木谷，他被扣上抱有"反军思想"的罪名判刑两年，刑满后从陆军监狱回到所在的连队，他用自己的眼睛观察兵营里的种种世相：军官争权夺利，士兵自私自利，等级森严，官兵之间、新老兵之间的关系冷酷、残忍与仇恨等。作品通过这些非人的生活事实，揭示了这座侵略战争机器犹如"真空地带"，空气被强大的力量抽走了，人性也被强大的力量抽走了。作者通过抱有良知的知识分子出身的一等兵曾田的口，说出这样一句点题的话："兵营是用栅栏围起来的一块四方形的空间，是用强大的力量制造出来的抽象的社会。人在其中，人性被抽走，就成为士兵。"曾田试图通过木谷事件，印证这句话的客观真实性，并进一步找到摧毁这个"真空地带"的可能性。可以说，作家要揭示的，是比兵营更大的，战争期间整个日本社会的"真空地带"。这部堪称日本战后文学经典之作的问世，将日本战后文学推向一个新的艺术高峰。后期野间宏还著有反对歧视部落民的5卷本长篇巨作《青年之环》等。

野间宏总结说："我的创作方法虽是采用现实主义与现代主义结合的方法，但并不是盲目吸收西方现代主义，而是经过筛选、消化，使之日本化。我们作家必须扎根于本国的土壤，从本民族传统现有的东西出发，来吸收外来的东西，这才是作家的出路。"因此，野间宏的作品完成了现实主义与象征主义的完美结合，达到了社会性与艺术性的高度统一，在战后日本文学史上写下了光辉的一页。野间宏被誉为"牵引战后派文学的重型坦克"。

三、战后派第二代新人

1950年朝鲜战争爆发，以此为界，迎来了重要的转折。大冈升平的《野火》、安部公房的《S. 卡尔玛氏的犯罪一墙》、掘田善卫的《广场的孤独》等的问世，继续以多样的形式发展了战后文学，史称他们为战后派第二代新人。在现代文学史上，战后派是最活跃的流派之一，其创作的旺盛活力，"除了自然主义勃兴时期以外，恐怕是绝无仅有的"。

四、战后第三代新人

日本经济由于朝鲜战争军需产业的急速增长而开始景气。文坛的形势是：经过战后派第二代新人，战后派文学渐次解体，民主主义文学运动经历了分裂与再统一，竹内好等提倡"国民文学论"并引发了文坛的一场论争，风俗小说、纪实小说和私小说再流行与这些现象并行而起的，是一批无论在文学思想还是在文学方法上都完全有异于战后派的新人，他们中有安冈章太郎、吉行淳之介、小岛信夫、庄野润三、岛尾敏雄、三浦朱门、远藤周作、阿川弘之，以及曾野绫子、有吉佐和子、园地文子、幸田文、大原富枝、濑户内晴美等女作家，还有吉本隆明、武井昭夫、集野健男等评论家，展现了现代文学的新的特质和新的方向。山本健吉在评论文章《第三代新人》中第一次将他们称为"第三代新人"。有的评论家将这批新作家的文学特征归纳为小市民的、日常的、现实的、私小说的、批评性减弱、不太关心政治等六点，并指出它们是对"战后文学"的反动，是日本恢复景气后的产物。

这批作家活跃在这一时期的文坛上，实现了与战后派作家的交替。而且他们还囊括了 1953 年上半年到 1955 年上半年连续 3 年的芥川奖。比如，安冈章太郎的《坏朋友》、吉行淳之介的《骤雨》、小岛信夫的《美童学堂》、庄野润三的《游泳池畔小景》、远藤周作的《白色的人》，他们的出现更为这批新人出场造势，这一时期成为"第三代新人"的黄金时期。

他们与战后派一代对历史和社会所抱有的强烈的责任感和批判精神完全相悖，与战后派一代通过前卫的思想和方法来创造新文学的态度也迥然不同，他们对社会抱有一种不信任感，对政治、思想漠不关心。他们的文学渐离社会现实，淡化了战后派文学的批判性，摒弃了抽象性的思想和概念性的语言，忠实于自我感觉的真实性，固执于回归日常性，接近战后一度遭到批判的私小说的传统。因此他们不是叙说战前自己青少年时代的日常生活，比如性意识的觉醒、思想的彷徨等，就是描写他们眼前的日常生活现象，比如家庭的风波、生活的自卑等，以纤细的文体来展现种种微妙的日常的东西，并非常重视艺术性。这构成了第三代新人文学的共同特色，所以它们也有"审美的"艺术派之称。

第四章　日本语言文学教学概述

第一节　日本语言文学教学的目标分析

日本文学是日语专业课程的重要组成部分。研究日本文学离不开日语的学习，日语教学的重要性不可忽视。

一、日语教学的内容目标分析

目前我国的日语教育是以社会力量办学和大中专院校的日语教育为中心开展的，基础教育中的日语教学不占日语教育的主导地位。而在大中专院校的日语教育（包括日语专业）中，由于"零起点"学习者居多，专业的日语教育是从基础阶段教学和高级阶段教学两个层面开展的。

高等院校日语专业课的教学要求，由于受学校性质、学科培养目标等的限制，对专业课、必修课、选修课的划分各有特点。开设课程的门类不同，课程名称及开设的时间、周学时数也不同，各学年教学要求的制定也有差异。总之，参考我国各级各类的日语教学纲要以及国际日语能力考试对于不同级别考试的要求，将日语语言和技能教学目标、要求按照基础阶段与高级阶段简单归纳如下：

（一）基础阶段教学的内容目标

大学一、二年级的日语教学内容标准主要是大学日语专业（零起点）一、二年级的教学，以及社会力量办学中的最初一两年内的日语教学。

日语专业基础阶段的教学基本要求如下：

1. 知识教学的目标分析

（1）学年教学要保证不低于 500 学时，两年内学生应该掌握现代日语语音、语法、词汇的基本知识，具备听、说、读、写日语的基本技能；能够在所学语言材料范围内正确、熟练地运用日语进行口头、笔头交际，为进一步学习日语打下坚实的基础。

（2）掌握日语语音的基础知识，朗读或说日语时，发音、语调基本正确，合乎规范，没有明显的语音错误。

（3）掌握日语基础语法，概念清楚，对日语语法中的主要项目、难点理解透彻，在语言实践中能够正确运用，无大错误，不影响交际。

（4）接触日语单词 8000 个左右，基本句型 250 个以上，惯用词组 200 个以上，其中积极掌握的应不少于一半。

2. 语言技能教学目标分析

（1）在听方面，能听懂日本人一般性的讲话，听懂难易程度与所学课文接近的各种文章的录音。其中生词不超过 3%，没有生疏的语法现象。

（2）在说方面，能较流利地进行日常生活会话，能与日本人进行一般交际性和事务性交谈，能在已学过的题材范围内进行 3 分钟以上的连贯性发言，无明显的用词与语法错误。

（3）在读方面，能朗读生词不超过 3%，没有新的语法现象的各种题材的文章，要求读音正确，面带表情。能不借助词典快速阅读难易程度与所学课文接近的文章，内容理解确切，并能口头用日语叙述大意。能借助词典阅读非专业性的一般日文报刊。

（4）在写方面，能记述和改写听懂和读懂的文章，能在两小时内写出 600 字以上的应用文、记叙文，文理通顺，语法、用词基本正确。

（二）高年级阶段教学的内容目标

日语专业三、四年级的教学内容是一、二年级日语教学的延伸，与基础阶段的教学相衔接。在进一步练好听、说、读、写、译几项基本功的同时，还要扩大视野，拓宽知识面，学习有关日本文化、文学等方面的内容。

1.知识结构目标分析

高级阶段的日语教学从语言知识教学转入语言理论、与语言相关的专业知识和理论的教学，需要结合专业选择教学重点和内容。因此课程的具体设置由各校根据培养目标适当掌握，大纲只是对课程的目标本身做了详细的规定。

2.语言技能教学目标分析

（1）听的内容目标

第一，能听懂日本人用正常语速所做的演讲、谈话，反应快，理解正确，并能复述中心内容。

第二，听电视节目、现场采访的广播及带地方口音的日本人讲话，能抓住主要内容和重要情节。

（2）说的内容目标

第一，能用日语较正确地表达自己的思想、感情，能与日本人自由交谈。

第二，经过较短时间的准备，能用日语即席发言或发表学术见解，能就熟悉的内容进行讨论或辩论，阐述观点。

第三，日语语音语调正确、自然，表达通顺流畅，无影响内容理解的明显语法错误。

第四，能根据不同场合、不同对象正确选用不同的语言表达方式，尤其是在词义的褒贬、敬语的使用及语气、色彩的把握方面基本无误。

（3）读的内容目标

第一，能读懂专业性很强的科技资料以外的现代日本文章，除了最新外来语、流行语及个别生僻词外，基本没有生单词。

第二，能读懂一般性日语文章，能理解作品的主要内涵和意境。

第三，能较好地归纳、概括其主要内容。

第四，能独立分析文章的思想观点、文章结构、语言技巧及文体修饰。

第五，对于古文、和歌、俳句等古典作品或文章，借助工具书、参考注释能读懂大意。

（4）写的内容目标

第一，能用日语写出格式标准、语法基本正确、内容明了的书信或调查报告等文体的文章。

第二，能写内容充实，具有一定广度和深度的说明文、议论文及论文。

第三，在构思成熟的前提下，写作速度可达每小时 600~700 字，无明显语法错误，用词恰当，简敬体使用正确。

（5）译的内容目标

第一，口译时，能在无预先准备的情况下，承担生活翻译；经过准备后，能胜任政治经济、文化等方面的翻译；忠实原意，语言表达流畅，并能区别各种不同的语感和说话人的心态。

第二，笔译时，能翻译用现代日语撰写的各种文章、书籍；借助工具书和注释能翻译一般日文古文。

第三，汉译日时，能翻译与《人民日报》社论程度相似的文章，每小时能译 400~500 字（相当于 1000 日文印刷符号）。

第四，日译汉时，每小时能译 500~600 字。翻译文艺作品时，作品的预期意境及文体风格与原文基本相符，重要内容正确。

3. 实践教学目标分析

日语专业高级阶段教学目标还包括毕业论文和毕业实习。

毕业论文的撰写主要是培养学生书面语言的运用能力，掌握论文的写作方法，提高思考、分析和解决问题的能力。毕业考试合格者可以撰写论文。论文的选题要在所学课程范围内，论文中要有自己独特的见解，引用观点等要注明出处，6000~8000 字。

毕业实习是为了使学生将所学的理论、知识切实地应用到实践中，弥补课堂教学的不足，强化课程所学的知识，提高学生在实践中独立思考和解决问题的能力，为毕业后走入社会做好准备。

随着高等教育人才培养质量与规格的改革不断深入，社会对外语人才的需求从研究型转向实践型。为适应社会对外语人才的需求，各高校也在实习实践课程计划、课程类型、课时量、模式、评价体制等方面做了积极的探索，增添了如见习、顶岗实习、海外实践、社会实践等新的模式。

有的高校日语专业提出了赴日本半年海外实习的计划，还有的高校把日语专业实习时间从过去的 6 周延长到 4 个月，把这些实习的课程设置在大三和大四的各个学期，分阶段、分目标为学生创造接触社会的机会，搭建语言实践平台。对学生实习成绩的评定主要从工作态度、业务水平、工作成绩、实习或社会实践报告几方面考核，由实习岗位指导教师和学校的带队教师给出评价。

二、日语教学的能力培养目标分析

（一）日语语言知识能力培养目标

语言是一个整体系统，语言结构的三要素——语音、词汇、语法，构成了日语知识教学的核心。语言理论知识的教学就是对语义的辨析、对语义概念的解读、对语言规则的介绍和使用方法的训练。

1. 语音能力培养目标

日语语音能力培养主要是指培养学生有助于顺利掌握日语语音的所有能力。这个能力要素包括遗传生理的和后天培养的两个方面。

只针对一般正常学习者而言，它主要包括：能够区分日语语音（音位）的辨音能力；能够准确再现日语语音的发音能力；听觉和动觉的控音能力；发音动作的协调能力；具备自动化言语动作熟练的能力；感知和再现日语语调的能力等。

2. 词汇能力培养目标

日语词汇能力培养目标主要包括：有助于学生生成对词汇的感性认识的形象记忆力（听觉、视觉和动觉的）；迅速而准确地区分近似词的能力；迅速形成新的概念的能力；区别词义的能力；迅速理解词的具体（上下文的）意义的能力；识记各种日语词组、短语、成语的能力；在听读日语时迅速认知和理解词的能力；迅速找出必要的日语词来表达自己的思想的能力等。

3. 语法规则能力培养目标

日语语法规则教学的能力培养目标主要包括：具备分辨各种词类和句子成分的能力；察觉日语词汇结构及语法特点的能力；根据语法规则变化单词并将词汇连成句子的能力；迅速而准确地辨认和再现各种句法结构的能力；正确掌握词的一致性关系的能力；熟练地正写与正读的能力等。在修辞方面，要具备概括语体词汇和语法特点的能力，以及辨认和再现各种语体的能力。

（二）日语技能的能力目标

语言是用于交际的工具，人们通常采用听解、会话、阅读、写作的方式进行交际，因此外语教学论将"听、说、读、写"称为外语学习的四项基本技能（以下简称"四技"）。

技能是指身体各部分的灵巧动作或感官的敏锐程度。外语的"四技"训练，实际上就是对我们应用外语时的口、眼、耳、手等感觉、听觉、视觉、触觉器官进行的外语适应或外语熟练的训练。在训练这些语言技能的同时，也会逐步提高各种言语能力。

1.听解能力培养目标

听是获得日语知识和技能的源泉和手段之一。听解既是听觉器官的运动过程，也是一种复杂、紧张、富有创造性的智力活动，它要求听者在这种活动的过程中积极地进行感知、记忆、分析、归纳、综合等思维活动。因此，听力训练又是一种重要的智力训练。

根据听的心理特点，把听的能力概括为迅速捕捉和存储信息的能力、辨别各种语音的能力、适应日语语速的能力、长时间的听解能力、综合和概括的能力、判断力等。帮助学生了解听的心理特点，掌握提高听解能力的方法，是听力教学关于听解能力培养的目标。

2.会话能力培养目标

会话又被称为"说"。会话是一种积极的言语活动，是不经分析和翻译，迅速用外语表达思想的一种技能。它不是简单地重复已经学习过的语言材料，而是创造性地组织已经学过的语言材料表达自己思想的一种行为方式。

会话能力是一种复用式言语能力，根据会话的特点，把会话能力概括为以下几个方面：

（1）自如地、创造性地运用已经学习过的语言材料表达思想的能力。

（2）注意力集中在会话的内容上而不是语言表达形式的能力上。

（3）敏捷思考和快速运用语言的能力。

（4）会话过程中的日语思维能力（或排除翻译的能力），应对无主题对白的语言交际能力等。

帮助学生了解说的特点，掌握会话能力提高方法，是会话教学关于会话能力培养的目标。

3.阅读能力培养目标

阅读是获得语言知识的重要手段之一，人们通过阅读可以实现间接言语交际。特别是在当今，由于信息技术和现代化网络架起了通信桥梁，网络在线阅读已经普及，获取日语阅读材料的条件比过去成熟许多，通过阅读获取日语知识已经成为一种重要的学习方式。阅读能力是培养其他言语能力的杠杆，所以对阅读能力的培养也是外语学习的一项重要任务。

阅读能力是指感知、识别和理解语言材料的能力，具体包括：辨认词、词组、句子结构的能力；把握段落中心思想和作者思想发展趋势的能力；弄清句、段之间的关系和诸如指示代词的实际内容等方面的能力；对文章整体的综合理解的能力等。帮助学生了解读的心理特点，掌握阅读能力提高方法，是阅读教学关乎阅读能力培养的目标。

4.写作能力培养目标

写作是借助文字符号传递信息的语言活动或语言交际形式，是一种语言输出过程，也是重要的语言交际活动。随着网络的不断普及，网上交流日益频繁，日语应用写作从书信、公文、科学论文、文艺作品等领域扩展到网络信息交际等领域，增强了写作的应用性，对写作能力的要求也逐步提高。因此对写作能力的培养也是日语学习的一项重要任务。

写作能力包括书面造句能力、搜集素材能力、书面语言的运用能力、捕捉灵感能力、构思能力、组织和形成思想的能力等。帮助学生了解写的特点，掌握写作能力提高方法，是写作教学关于写作能力的培养目标。

5.翻译能力培养目标

翻译是在准确、通顺的基础上，把一种语言信息转变成另一种语言信息的行为。其分类有许多种，如根据翻译者翻译时所采取的文化姿态，分为归化翻译（意译）和异化翻译（直译）；根据翻译作品在译入语言文化中所预期的作用，分为工具性翻译和文献性翻译；根据翻译所涉及的语言的形式与意义，分为语义翻译和交际翻译；根据译者对原文和译文进行比较与观察的角度，分为文学翻译和语言学翻译；根据翻译媒介，分为口译、笔译、视译、同声传译、机器翻译和人机协作翻译、电话翻译等。由于上述分类在语言表达形式上只包括有声语言和符号语言，因此在讨论翻译能力时，只在口译、笔译两个大的概念下展开。

（三）日语情感教学的能力培养目标

达尼艾·格尔曼所著的《情感——心理智能指数》一书从五个方面分析了情感学习能力，即自我认识能力、自我驾驭能力、自我修正能力、共鸣情感产生、社会协调性。

根据这一理论，把日语学习的情感态度能力归纳为：学习愿望与兴趣的培养能力；树立良好学习动机的能力；调节个人情绪的能力；勇敢、积极地参与语言实践的能力；与他人的协作能力；探索精神与毅力；培养克服困难的勇气和决心的能力；吃苦精神；人际交往能力。帮助学生适时地调节自我学习心理特点，是教师教学过程中对学生情感态度培养的目标。

（四）日语学习策略的能力培养目标

学习策略是学习者为掌握某种知识和技能所采用的一系列方式方法。通常从四个方面来理解：认知策略、调控策略、资源策略、交际策略。外语能力的形成除了受教学策略的影响外，还需要通过学生的学习实践活动来体现。日语能力形成的一个重要条件就是学习策略的选择。

日本名古屋大学教育学研究科伊藤崇达根据"失败的努力归属与学习动机没有关系"的结论，对原因归属、学习策略与自我效能感之间的关系进行了调查研究，得出了"与认知的学习策略相比，自我调整学习策略与自我效能感之间的相关更为显著。在诸多的学习策略中，学习者自我调整学习策略最为重要"的结论。

这一研究表明，自我调整学习策略对学习成就获得具有重要意义。假设将学习中遇到的困难看作学习的暂时性失败，那么相应地调整自我的学习策略就是克服困难的最重要的武器。

日语学习活动中策略学习的能力主要包括：选择有效感知、记忆、联想等方法的能力；选择合理预习、复习策略的能力；有效理解知识和概念的能力；主动探索符合日语学习规律的学习技巧的能力；调节学习中自我生理与心理机能的能力；正确评价自我学习的能力；监控自我学习的能力；管理自我学习的能力；在团队学习中发现及借鉴他人学习方法的能力；选择既适合自我个性心理特征又可有效促进交际的行为方式的能力。帮助学生了解学习过程的特点，掌握学习方法和策略，是学习策略能力培养的教学目标。

（五）日语跨文化能力培养目标

跨文化学习主要有跨文化接触、跨文化理解和跨文化交际三个阶段。跨文化接触，就是个体通过有选择地借用母国文化来接触跨文化，对跨文化所做的富有个性特征的统合和再现。跨文化理解就是辩证地认识日本文化的内涵、思想观点。

学习者固有的价值观、思维方式会直接影响到对跨文化的理解和认识。跨文化交际又被称为跨文化知识应用，主要是指与日本人进行交际时如何避免发生文化冲突，使交际朝着我们期待的目标发展，保障交际顺利进行。

日语教学关于跨文化的能力培养重点不在于跨文化接触，而在于对跨文化的理解和跨文化交际能力的培养。结合日语学习特点，将跨文化能力概括为意志决断能力、问题解决能力、创造性思考能力、批判性思考能力、有效的交际能力、人际关系能力、自我认识能力、共鸣能力、情感控制能力、对焦虑的处理能力（心理调节能力）。

意志决断能力，即明确自我究竟要做什么、想做什么这一目标意识，从而决定自我行为目标和方向；问题解决能力，包括目标设定，其中最重要的是发现问题和选择最恰当的解决问题的方法以及如何达到目标的企划能力；创造性思考能力，即把获得的信息进行创造性的组合，创造出独特的思考和计划的能力；批判性思考能力，即对获得的信息、经验以客观的方法进行分析的能力；有效的交际能力，即采用言语与非言语形式自我表达的能力；人际关系能力，即与他人保持良好人际关系的能力；自我认识能力，即对自我的性格、优缺点、愿望、好恶等的认识能力；共鸣能力，即对他人的意见、情感、立场、心情能够产生共鸣又不为其所左右的能力；情感控制能力，即对喜怒哀乐等情感的自我控制的能力；对焦虑的处理能力，即了解跨文化学习过程中产生的焦虑源，为消解焦虑而采取适当措施的能力，也称作心理调节能力。帮助学生了解跨文化理解和交际的特点，掌握跨文化学习的方法，是跨文化教学关于跨文化交际能力的培养目标。

第二节　日本语言文学教学的基本原则

教学原则对教学活动的顺利有效进行有着指导上和调节上的意义，能够为教师积极有效地开展教学活动提供依据。

普通教学原则包括有序性原则、教学最优化原则等。

有序性原则是指教学工作要结合学科的逻辑结构和学生的身心发展情况，有次序、有步骤地开展和进行，以期使学生有效地掌握系统的科学知识，同时有效地促进学生身心健康发展。

教学最优化原则是指教学活动中，要对教学效果起制约作用的各种因素，进行综合调控，实施最优的教学，取得最优的教学效果。

日语和日本文学的教学原则是日语教学规律的反映，是在一定的教学原理指导下对学生掌握语言知识和语言技能的基本路子、途径的总说明。不同的外语教学法流派的理论依据不同，对外语教学规律的认识也不同，对反映教学规律的教学原则的认识也不一致。日语教学不仅要遵循教学一般原则，还要根据语言学、心理学、教育学、生理学、系统论等科学的最新研究成果，吸取各教学法流派的优点，制定适合我国学习者开展日语教学的基本原则。

外语教学的具体目标是掌握语言知识，培养语言技能，要想实现这一目标，必须通过教师的教学实践和学生的语言实践来完成。日语教学原则必须遵循教育方针，符合教学规律和语言学习规律，为完成语言教学的根本任务服务。从这个意义上，把日语和日本文学教学原则体系归纳如下：

一、以提高学生综合素质为目标

人的素质是指人所具有的从事某种活动的生理、心理条件或身心发展水平，包括人的先天禀赋和被内化了的后天教育、影响等诸多因素。人的素质可分为个体素质（个人素质）的和群体（民族素质等）。

就个体的人来说，其素质又有生理的（身体的）和心理的等。其中心理的既包括知觉、记忆、想象、思维、情绪、情感等与生俱来的心理特质，也包括被内化的属于文化范畴的政治的、思想的、道德的等社会性心理内容。

日语和日本文学教学除了使学生掌握日语知识和技能外，还要使其通过对日语课内外的学习提高文化修养。它不但使学生受到思想教育、道德教育、人生观价值观的教育，同时还开启学生智力，培养能力，把日语教学与人的全面发展这一教育教养任务有机结合起来。

提高学生的综合素质，对教师有以下要求：

（1）在教学过程中要注重挖掘学生的智力潜能，发展学生的智力水平。外语学习的智力要素主要包括语言感知能力、观察力、记忆力、联想力、逻辑思维能力、创造力以及学生的自学能力。

（2）在教学活动中要注重对学生四项基本技能的培养，即外语学习的能力要素。它包括听解能力、会话能力、阅读能力、写作能力，有学者把翻译能力也纳入外语能力要素范畴。

二、创设各种形式的语言学习环境

在我国开展日语和日本文学教学活动的特点之一在于它是一种间接认识，学生在教学中以学习书本知识为主。

生活中的语言是鲜活的，有时候语言规则也不能完全解答现实中所使用的语言现象，更何况作为外语的日语语言与学生的生活和他们自己的个人经验存在相当的差距，有些对他们来说甚至是完全陌生的。而人的认识总是从感性上升到理性，从具体过渡到抽象，完全没有感性认识和具体形象做基础和支撑，是不可能真正掌握语言概念和文化背景知识的。

由于书本知识与学生之间客观存在的距离，学生在学习和理解的过程中必然会遇到各种各样的困难和障碍，创设多种形式的语言环境和语言学习环境，对学生的成长有重要意义。

1. 创设语境可以采取以下措施：

（1）模像直观。模像直观是运用各种手段对实物的模拟，包括图片、图表、模型、幻灯、录音、录像、电影、电视等。实物直观虽然具有真实有效的特点，但往往因受到实际条件的限制而无法使用，而模像直观则能够有效地弥补实物直观的缺憾，特别是现代技术在教育领域的应用，使模像直观的范围更加广阔，无论是历史还是现实，都能够借助某种技术手段达到直观的效果。

（2）语言直观。语言直观是教师运用自己的语言，借助学生已有的知识经验进行比喻描述，引起学生的感性认识，达到直观的效果。

与模像直观相比，语言直观可以最大限度地摆脱时间、空间、物质条件的限制，是最为便利和经济的。语言直观的运用效果主要取决于教师本人的素质和修养。

（3）完善教学条件设施。在科学技术高度发达的当代，日语教学外部环境已经达到相当高的水平，日语教学所需要的图书资料、影像设备、网络媒体资源为创设语言学习环境提供了可能。

2. 在日语教学中切实有效地创设好语言环境和语言学习环境，对于教师有以下基本要求：

（1）恰当地选择直观手段。教学课程内容、目标不同，教学任务不同，学生年龄特征不同，所需要的直观手段也不同。

（2）直观是手段而不是目的。一般来说，当教学内容对学生来说比较生疏，学生在理解和掌握上遇到困难或障碍时，才需要教师运用直观手段。为直观而直观，只能导致教学效率的降低。

（3）在直观的基础上提高学生的认识。直观给予学生的是感性经验，而教学的根本任务在于让学生掌握理论知识，因此教师应当在运用直观时注意给予学生指导，比如通过提问和解释鼓励学生细致深入地进行观察，启发学生区分主次轻重，引导学生思考现象和本质及原因和结果等。

（4）合理选择教学优质资源，应用最有利于学生理解、掌握教学内容的教学技术手段和教学方法，不走形式，不浪费宝贵的课堂教学时间。

第五章 日本语言文学教学的相关理论及其应用

第一节 认知语言学理论及其应用

认知语言学是一门以认知心理学为基础的语言学科，其从思维模式的角度出发对语言学习及各种语言现象进行了深度剖析。近年来，随着认知语言学研究的日益深入，认知语言学在高校外语教学方面的应用和研究日益广泛起来，对于日语和日本文学教学也起到了一定的启示作用。

一、认知语言学理论的基础认知

20 世纪 70 年代末和 80 年代，许多语言学家开始从认知的角度来研究语言现象，逐渐形成了认知语言学流派。认知语言学兴起于 20 世纪 70 年代末的美国西部地区，20 世纪 80 年代至 20 世纪 90 年代得到迅猛发展，目前已盛行于欧洲、北美、中国等地，是一门渐成主流的新兴的语言研究学科。

1987 年产生了两个重要的作品：莱可夫的《女人、火以及危险事物：哪些范畴揭示心理》和兰盖克的《认知语法的基础：理论前提》，它们大大推进了认知语言学的发展。1989 年在德国召开的第一届国际认知语言学大会和 1990 年《认知语言学》杂志的出版被看作认知语言学诞生的标志。认知语言学自问世以来取得了巨大的成就。

关于认知语言学的定义，由于其尚未形成一个完整的系统学科，所以还尚未形成一个严密而完整的定义。国内外不同的专家学者对其理解也是仁者见仁智者见智，都是从不同的角度对认知语言学做出解释，尚未达成共识。笔者认为，简言之，认知语言学就是一门研究人的认知规律和语言之间的关系的学科。接下来，笔者具体从以下几个方面谈谈对狭义的认知语言学的理解：

（一）认知语言学理论的哲学基础

认知语言学理论建立在一定的相关理论基础之上，这些理论基础包括哲学、认知科学、心理学和语言学等。

不同的语言哲学观会产生不同的语言学派。认知语言学的发展离不开其哲学基础，语言哲学最基本的问题是语言与客观世界的关系问题。

在西方哲学史上，主要有主观主义和客观主义两种哲学观点，而主观主义对语言研究的影响微乎其微，客观主义则对其具有重要的影响。

客观主义建立了主客体相对立的二元论。客观主义者错误地认为，主观和客观是对立的，是截然分开的，人对世界的认识反映的是纯粹的客观现实，是对现实世界的直接复制。

"认为理性、思维、观念、理解是自主的，不受人的生理和物质环境的制约，人类心智是脱离主体的、超验的，不依赖认识主体的身体经验及其与客观世界的相互作用。"也就是说，客观主义强调人的理性是超验的，即独立于人体的特征和身体的活动。在这样的观念支配下，他们把语言看作抽象的符号，认为这些语言符号是直接与客观事物的特性相对应的，是对世界的真实反映。基于客观主义哲学观，出现了两大语言学流派，它们是流行于 20 世纪的结构主义语言学派和转换生成语言学派。他们将语言看作一个封闭、静止的体系。

在哲学基础上，认知语言学反对客观主义哲学观，汲取其中的合理成分，强调客观世界对人类认识的重要性，同时，注重人的主体意识和想象力，倡导主客体之间的互动性，坚持体验哲学观。

体验哲学观认为人类对客观世界的认识来自对现实世界的体验，而不是与现实世界的对应，主张人的身体的、认知的、社会的体验是形成概念和语言的基础，强调人们对客观世界进行互动体验，在认知的参与下，在经验中形成了语言。

体验哲学有三条基本原则，分别是"心智的体验性""认知的无意识性""思维的隐喻性"。

1. 认知的无意识性

我们大脑中内部的认知运作、信息加工过程等是非常复杂且飞速运作的，是我们无法觉察到的，是无意识的。体验哲学坚持意义的体验观，把意义置于身体和无意识的概念系统中，而传统的分析哲学则认为所有的思维都是有意识的，所以体验哲学是对分析哲学的反叛。

2. 心智的体验性

心智的体验性认为范畴、概念、推理、心智等不是先天就存在的，而是来自后天人类与客观世界的互动体验，通过认知加工形成的。人们通过与周围世界的互动，在经验中形成范畴、概念和意义。

在感知体验中，我们的身体（身体部位、感觉器官等）和空间（地点、方向、运动等）是形成抽象的概念、意义的两个主要基础。

3. 思维的隐喻性

认知语言学认为，人类的思维不是对现实世界的直接复制，"其中必定要涉及'跨域认识'的过程，即以一个认知域来认识和理解另一个认知域，基于此必然要得出'大部分推理具有隐喻性'的结论"。

隐喻就是把一个认知域的概念投射到另一个认知域。这两个认知域的概念之间是有关联的，而这种关联来自认知领域中的联想，如"论战""争论"就是用战争来隐喻辩论。体验哲学观认为，隐喻是普遍存在的，是人类的认知方式之一，是人类思维的一个基本特征，人类可以运用隐喻、转喻等方式实现思维的创造性，产生抽象的概念。

体验哲学观是认知语言学的哲学基础，对认知语言学理论的影响是显而易见的，语言不是现实世界的直接反映，而是人类在对现实世界进行互动体验和认知加工的基础上形成的，现实世界是通过人类的认知加工之后才与语言联系起来的，人的体验和认知在语言中起着重要作用，这就形成了认知语言学的基本原则，即"现实—认知—语言"。

（二）认知语言学研究的目的

认知语言学研究的目的是揭示语言事实背后的认知规律，并通过这些认知规律和相关知识对语言做出统一性的解释。

认知语言学认为，语言是认知的一部分，受人的认知的影响和制约。认知语言学注重研究人的认知规律，在对语言结构进行描写的基础上，致力于寻求和揭示语言事实背后的认知方式，并通过这些认知方式对语言做出统一解释。

先前的认知语言学理论在分析语言现象时往往采取了不同的方法。例如，用组合原则来分析语义，分别用词法和句法来分析词汇和句子，语用方面则用会话含义、言语行为理论等来分析，没有从整体上来把握和沟通语义、语法、语用等要素。

认知语言学则尽量简化和统一分析语言的方法，力求用较少的规则来解释纷繁复杂的表面似乎并不相关的语言现象，努力寻找适合分析和解释语言各个层面的一些基本认知方式，沟通语义、语法、语用之间的联系。

"纲举则目张"，只有深入探索语言背后的认知，才能高屋建瓴，整体把握纷繁复杂的语义、语法等语言现象。而潜藏于语言背后的认知方式到底有哪些呢？经过认知语言学专家学者的研究，探索出以下认知方式：体验、范畴化、概念化、认知模式、意向图式、隐喻、转喻、关联、识解等。认知语言学家用这些认知方式来分析语言的各个层面，对语言做出统一的解释。例如，隐喻和转喻可作为分析词义演变和语法化的重要机制，范畴化对概念形成具有重要意义等。

人类认知世界的方式对人的概念结构以及语言的表达、运用和理解有直接的影响。人的认知差异和概念结构的差异是语言形成差异的主要原因。

也就是说，对同样的事物，如果从不同的角度去体验就会认识或凸显其不同特点，所以对同一事物会有不同的称呼。

认知语言学主张，语言除了与认知规律有密切关系之外，还与人的百科知识有关。对语言的研究不仅要以认知为基础，也要参照人类的概念知识、社会文化习俗、话语功能等，要想将语言描述清楚，应充分考虑这些因素。

（三）认知语言学的核心内容

认知语义学和认知语法是目前认知语言学发展最完备的两个领域，认知语义学所研究的内容与认知语言学在许多方面是相同的，可以说，认知语义学是认知语言学的核心内容。

与其他许多语言学派不同，认知语言学是以意义为中心的语言学。认知语言学认为认知对于语言研究具有基础性的作用，而人的认知又和概念、意义有着密切联系。可以说，认知语言学是以意义为中心的，相应地，认知语义学就成为认知语言学的核心内容。

认知语言学的核心原则是"现实—认知—语言"，"认知"这一中介使语言与外部世界的直接联系被割断，认知在"现实"和"语言"之间发挥了极其重要的作用：现实世界是认知的物质基础，认知对现实世界进行心理加工。这就强调了人的主观认知和想象力在"现实"与"语言"之间所起的主要作用。语义主要是基于体验的，植根于人类与世界互动过程中形成的经验，来源于使用者对事物的理解，不能脱离人的认知。考察语义，也需从认知与现实两个层面来进行。

认知语义学的一个基本观点是"人类只有通过头脑中的概念范畴才能接触现实，反映在语言中的现实结构是人类心智运作的产物，因此，语言研究重点应围绕人类的心智、认知和概念进行"。

基于此，认知语义学主张语言意义是来自对事物的认知，是人的体验的"概念化"。"概念化"在认知语言学中是一种认知方式，它既指已经形成的概念，又指概念形成的过程，突出了人的创造性和意义的动态性。

人们在对现实世界进行体验的基础上形成了范畴，范畴与概念相对应，形成意义。所以，意义是概念化的过程和结果。

概念化是认知的过程，而认知又与人类的经验、范畴、概念、推理等密切相关。"因此，认知语义学的最终目的就是阐述范畴过程、概念框架、认知方式、推理过程、隐喻机制等，以及语言形式是如何反映它们的。"

（四）认知语言学应遵循的原则

认知语言学是认知科学和语言学结合而成的一门交叉学科，它是基于人们对世界的经验和对世界的认知来研究语言的。它反对形式主义语言学的观点，主张语言不是一个独立的系统，语法也不是一个自足的体系，力求揭示语言背后的认知规律并用这些规律和相关知识对语言做出统一的解释。认知语言学的基本原则就是"现实—认知—语言"。

这个基本原则的含义是在现实世界和语言之间存在一个认知的层面，语言与现实世界并不是一一对应的，它是人类在与现实世界进行互动体验和认知加工的基础上形成的，现实世界和语言是以人的认知为中介联系起来的。这个模式是"客观世界→认知加工→概念→语言符号"。现实、认知、语言之间是相互作用、相互影响的。

现实决定认知，是认知的基础；认知决定语言，而语言又可以反作用于认知。认知与语言之间是辩证统一的关系。语言是一种认知现象，是认知的表征，是人对现实世界进行互动体验和认知加工的产物。语言能力是人的整体认知能力的一部分。

认知语言学主张，对语言的理解应该以人的认知为出发点，语言研究必须和认知研究结合起来。具体来讲，"认知语言学研究与认知有关的语言的产生、获得、使用、理解过程中的一些共同规律及其与思维、记忆有关的语言知识结构模式"。

也就是说，认知语言学致力于探究语言事实背后的认知规律，并运用这些规律解释语言的普遍规律。

二、日语和日本文学教学中导入认知语言学理论的作用

认知语言学是一门坚持体验哲学观，以身体经验和认知为出发点，以意义为研究中心，旨在通过认知方式和知识结构等，对语言事实背后的认知规律做出统一解释的跨领域的学科。

培养学生的语言思维能力，在于培养学生对语言的认知能力，注重语言的创造力。具体来讲，是采用认知教学法，将认知语言学的理论应用于日语基础教学和日本文学鉴赏。

（一）教材更加注重词语的本质意义和语义之间的联系

当前日语专业本科的基础教材中对单词和语法的编排过于零散和机械。教师对于语法的讲解模式一般是罗列几种用法、列举几个例句。而常常忽略对单词的讲解，只是以单词表的方式在罗列单词的基础上简单注明中文释义。

学习者在学习语法时，只能死记硬背若干个用法，而对于各个用法之间的联系、异同点一无所知。在学习单词时，只能通过简短的中文释义模糊地了解单词的意义。

随着词汇量的逐渐丰富，对大量近义词的区分束手无策。机械、零散、含糊的被动散点式记忆，势必导致记忆困难、理解障碍。久而久之，还会丧失积极主动思考的习惯和能力。

在教材编写和教学实践中应用认知语言学的原型范畴理论，可以很好地解决上述问题。原型范畴理论认为，任何范畴都具有由典型事例到边缘事例的模糊性特性。范畴成员之间具有家族相似性，具有不同的地位。原型是范畴中典型的、中心的成员，它和人类的认知结构最为接近，因此最易于被人脑感知。

首先，对于语义较多、使用较复杂的词语可以通过树形语义结构图来呈现其各语义和用法之间的有机联系。

其次，在单词和语法点的讲解中应指明其蕴含的本质意义。

认知语言学认为，多义语的语义众多，但万变不离其宗，各语义之间有着本质的相同之处。这决定了词语的语义发展会在一定限度内进行，词语的运用也有一定的规则。

（二）引导学习者理解语言所表现的"认知主体的意识"

语言的组织遵循语法规则，但并不代表语言是被语法支配、统治的。许多教师在授课讲解中对语言和语法关系的处理不当，过于强调语法对词义、词性的限制作用，导致学生对语言的理解存在误区，认为语法是约束语言的"框子"，语言只要在"框子"内活动，就是正确的，越过"框子"就是错误的。于是在实际运用中经常感到困惑。

因此，在日语基础教学之初，教师就应当引导学生正确理解语法与语言的关系。语法是为言语主体表达、传递情感及主张服务的。

人类在语言的实践中不断地更新、深化对语法的认知，丰富语法的内容。不同认知个体之间存在认知的差异，这势必导致其认知概念上的差异。因此，不能简单地依据某个语法条目来判断语言现象的对与错，而应在具体的语境中，分析考虑其中蕴含的认知主体的意识。认知语言学认为，认知主体的意识决定了语言的组织方式、表达方式以及表达效果。

在具体的语言使用中，必须由说话人根据自己的发话意图和当时的语境来做出形式上的选择。说话人的认知过程、关注焦点以及发话意图即语言中蕴含着认知主体意识。

将认知语言学理论应用于日语专业教学实践，帮助学习者既从宏观上把握词语的本质意义及语义间的有机联系，又从微观上掌握各个语义的具体用法，使学习者摆脱单词和语法学习中"只见树木，不见森林"的局限。同时，也有助于培养学习者形成积极主动思考的习惯和能力。

学习者会在脑海中自觉构架多义语多个语义之间联系的树形结构图，在思考语义有机联系的基础上记忆。同时，养成探索词语本质意义的思维习惯，对语义、用法的理解不再满足于表面，而是从根本上进行把握。

经过这样一段时间的训练，学习者对于尚未学习过的以及特殊用法的推知和理解能力也会增强。

在基础日语教学和日本文学鉴赏中导入认知语言学知识是一种新的教学思路，剖析语言形式下的认知模式、认知规律，从思维的深度寻找规律指导语言学习，不仅对于日语教学，对其他任何外语的教学也都是有益的启示。

传统教学注重分析语言的形式和意义，没有从深层解答语言为什么会这样（语言的动因），因而分析形式线索显得尤其心力不足，虚词的习得、压缩的表达方式等因抽象而难以教授的语言现象又恰恰是学生最期盼解决的问题。导入一点认知语言学知识尝试变抽象为具体，可以解决这些以往因不易处理而被无视的重要问题。

三、认知语言学理论在高校日语和日本文学教学中的应用

高校日语专业借鉴英语教学经验，在理念和方法上构建出一套符合日语语言特征的教学体系。但是，教师在教学中过于侧重散点知识的这一旧有日语教学模式的弊端逐步显现，学生没有养成用日语思维的习惯，给日语学习带来不少困难，日语教学方法改革迫在眉睫。

认知语言学理论是指以知觉、视点的投影、移动、范畴化等人类拥有的一般性认知能力的反应来理解语言的理论，以认知科学和体验哲学为理论背景，通过心理学、系统论等跨学科研究，指出生成语言学天赋观和转换生成语法的缺陷，主张语言的学习及运用均可通过人类的认知能力实现。下面就如何在继承生成语法等传统教学模式优点的基础上，积极引进认知语言学理论，提高日语音韵、句式、语义、语法，以及鉴赏文学作品等方面的教学效果进行阐述。

（一）认知语言学中的认知语法理论在日语教学中的应用

第一，主观性强、较为模糊的认知模式主张，语言的结构只不过是词义极、音韵极以及整合这些要素的符号单位，指出了语言结构是以从大量的语料中总结出句子的范式的形式而出现的用法基础模式。传统的日语教学方法与之恰恰相反，教师往往是采用先讲句型然后举例子的办法，让学生造句。

第二，认知语法中的词汇和语法观对日语教学的启示。生成语法认为，可以将语法作为规则，在生成句子时按照规则使用词汇。但认知语法对语法和词汇没有做明确的区分，而是将二者之间的差别看作一种具有阶段性的内容。这种规则对以生成语法为基础的传统日语教学模式中的浅层次的词汇、语法观大有裨益，使学生能够在学习日语词汇和语法的过程中提高抽象思维能力。

（二）认知语言学中的隐喻在日本文学教学中的应用

乔治·雷科夫指出，隐喻不仅是一种修辞方法，还是认知语义论的重要研

究内容，比直喻更凝练、含蓄。一般认为，隐喻是人类应用类推能力掌握范畴的作用和原理的最基本的认知方式，是认知语言学的重要组成部分。

古今中外的文学作品中普遍使用隐喻的手法，给人很强的感染力。在日语中经常以"主语＋主格助词＋表语＋判断助词"的方式表达隐喻，而不使用"如""像"等直喻中常用的助词。

在日本作家志贺直哉的《暗夜行路》中，谦作对爷爷的女佣说："人生是旅途，不和我一起去旅行吗？"女佣说："怎么努力也没有盼头。"谦作说："黑暗越深，黎明就越近了。"有的句子甚至看不出是隐喻，如佐藤春夫的《田园的忧郁》诗里"我的院子里紫堇开了"。此处描述的是正在恋爱的男子心中的复杂情愫。这首诗中还有一句："他一看窗外，发现一只鹰静止在空中，不畏强风。"与其说这是在描写自然风景，不如说是通过隐喻表达自己向往和鹰一样坚强的心情。同时，隐喻在其日常语言生活中也经常使用，在日语能力考试的阅读理解和听力中经常出现。

隐喻与人类对世界的认知、世界观关系密切，与听话者心理状况相契合的隐喻能够打动对方，产生很大的影响力。在传统的日语教学方法中，只重视语法、句法和词汇的表层意思，忽视了与日本语言、文化风土相吻合的认知语言学中的隐喻教育，导致学生对日语文章、日语会话等一知半解。因此，应将隐喻思维引进日语课堂教学中，使学生对日语有深层次的理解，能够顺利通过能力测试，读懂日本文学作品，听懂复杂的日语音频，用日语进行交流。

（三）认知语言学中的句式语法理论在日语教学中的应用

构式语法是指将语法作为习惯化了的集合体来理解的语言学观点，而生成语法是将语法通过词汇项目及合成词汇项目的规则记叙的语言学概念，两者的立场形成了鲜明的对照。构式语法理论主张从谚语之类的固定表达方式到所谓的单词能够自由替换的 SVO（主谓宾，在日语中是 SOV）构式都形成一个连续体。在日语中具体表现如下：前缀形态素，如"超"；后缀形态素，如"的"；熟语，如"吴越同舟"；双重宾语构式，主语＋动词＋宾语1＋宾语2；被动态，主语＋助动词＋动词的被动式。对上述这些日语中的核心语法，只有通过构式语法理论进行抽象概括，才能理解问题的本质，并加深记忆。

由上述对隐喻、范畴化、认知语法、句式语法等认知语言学理论在以传统的生成语法为指导思想的日语教学中的应用可以发现，认知语言学并没有否定生成语法中的"词汇""形态""统语"等的存在。认知语言学理论非常抽象，在教学过程中照本宣科很难让学生理解。

（四）认知语言学中的范畴化理论在日语教学中的应用

认知语言学中关于范畴化的讨论发端于爱乐诺亚罗素等人的研究，成为产生认知语言学的一个契机。他们提倡原型理论、基本层面范畴等概念，据此叙述语言，以取代通过所有成员所共通的属性规定范畴的古典式范畴观念。他们主张词的意思不能和该词的使用所联想到的典型状况、百科辞典式的知识亦即世界知识割裂。

查尔斯·菲尔墨亚等人的框架词义论、乔治·雷科夫的理想认知模式也是以此理论为基础的。人类的认知资源是有限的，通过范畴化可以最小的努力获取最大量的信息。范畴化经过以下过程形成：

第一，肉眼所见对象的模式认知。如"主语＋宾语＋谓语"这一日语句式属于一种典型的模式认知，有利于掌握日语的本质。

第二，从长期记忆中检索已经认知的信息。如在阅读新的日语句子时，从上述的日语基本句式这一长期的记忆中，检索已知的主语、谓语、宾语。

第三，选择与对象最类似的记忆。如在学习日语语法核心知识时态时，选择与之最类似的中学学过的 16 种英语时态，进行对比学习。

第四，推论对象所具有的性质。如在日语句子中有很多汉语词汇，只有根据日语习惯正确推测这些词汇在日语中的性质，才能正确安排其在句子中的位置。

第五，从经历的众多刺激中通过典型性、类似性形成代表性的案例（模式），运用这一模式形成范畴化。越是典型的案例，范畴化越强，就越容易记忆，也越容易回忆起来。在日语学习过程中要掌握极易混淆的词汇的读法，使用典型案例范畴化法。只要记住前音后训的"重箱"和前训后音的"汤桶"两个典型的读法，这个难题就会迎刃而解。

因此，在日语和日本文学教学过程中，要在讲解语法理论体系的基础上，引进上述认知语言学的四大支柱内容，对生成语法中的相关知识进一步抽象、概括，从而掌握日语的本质和日本文学的特点。教师在备课时可以参考日语认知语言学的相关理论对教科书上的语法点等进行补充，以提高教学效果。

第二节　认知负荷理论及其应用

一、认知负荷理论概述

（一）认知负荷理论的相关认知

1.认知负荷理论的定义

美国心理学家米勒在脑力负荷或心理负荷领域取得了不错的研究成果。之后，澳大利亚新南威尔士大学心理学家约翰·斯韦勒在研究学习材料和教学方法影响学习者概念掌握和认知加工时，提出认知负荷理论，并首次将其应用于教育领域。认知负荷理论的思想起源正是米勒对工作记忆问题的思考及早期的研究结论。

约翰·斯韦勒认为该理论是探究复杂学习中任务或环境对学习者的认知资源的占用和有效控制，也是分析学习过程中对知识加工处理、吸收内化的过程。

2.认知负荷理论的研究基础

认知负荷理论以认知资源有限理论、图式理论和工作记忆理论为研究基础。认知资源有限理论包含单资源理论和多资源理论，并且资源的分配遵循"此多彼少"的原则。

赖曼提出图式是存储在长时记忆的专业知识结构，也可视为心理活动的框架或组织结构，它有助于学习者类化各种问题的解决状态和确定最合适的操作活动，反映某类知识的基本特征和规律，凭借一类知识对事物进行分析和归类。图式理论认为知识图式的分析和归类是一种自动化的加工过程，不需要有意识地控制和资源消耗，可以弥补工作记忆容量的不足。

人类的认知结构主要包括感觉记忆、工作记忆和长时记忆。感觉记忆用于知觉输入信息，如视觉信息和听觉信息。工作记忆是信息加工的主要场所，面对新信息时，工作记忆容量有限，短时间内一般接收、处理、加工或储存 7±2 个单位的信息组块，同时"组块理论"指出，组块虽然是一个单位名词，但具有动态概念，其信息量可做调整。

长时记忆内的知识结构以图式为基本单元或以系统化的方式存在，图式具有复杂性和自动化，当使用图式时，可以从长时记忆中提取到工作记忆阶段并进行信息加工。

图式中的信息被调用到工作记忆时，调用的所有信息仅作为一个组块进行加工处理。类似地，学习的信息加工论指出，个体学习的时候，信息最先出现于外部环境中，它会先经过感受器（感受记忆）进入短时记忆（或称工作记忆）空间，再进入长时记忆空间储存起来。

长时记忆是学习的中心，只有改变或增加长时记忆中的内容，才是真正具有持久意义的学习。

3. 认知负荷的定义

认知是个体获得知识和解决问题的操作和能力，即信息加工的过程和能力，认知负荷存在的基础是人类信息加工容量的有限性。因为认知负荷具有多维性、复杂性、内隐性的特点，对于认知负荷的定义，目前尚未统一。

笔者在这里不是尝试定义认知负荷，而是总结认知负荷理论研究者们着眼于各自研究角度提出对认知负荷的不同理解和看法。

认知负荷可以从理论与实践两个层面理解，理论层面以实验室研究为视角定义认知负荷，实践层面以实际应用研究为视角定义认知负荷，往往紧密结合教育实践。

理论上，从能力角度考虑，认知负荷是用来处理被加工信息的心智能力；

从心智角度考虑，认知负荷指学习者在心智上耗费的努力强度，包含个体感受心智努力和心智负荷的负载状态；从心理能量角度考虑，认知负荷是加工特定数量信息要求的心理能量水平，认知负荷的高低与待加工信息数量的多少有直接关系；从心理资源角度考虑，认知负荷是学生学习过程中完成认知任务需要的心理资源数量。

实践中，对认知负荷的定义有两类视角：其一，在定义中明确认知负荷产生的空间——工作记忆；其二，强调动态定义，使用投入、协调、知觉和体验等动态感名词。

4.认知负荷的教学效应

认知负荷类型提供了促进教学中央执行官能使用的结构化教学效应，这些效应可归纳为目标自由效应、样例效应、完成问题效应、分散注意力效应、形式效应、想象效应、独立交互元素效应、元素交互效应、变式效应、专业知识反效应、指导隐退效应、冗余效应等。

（1）目标自由效应指用目标自由的题目来代替为学习者提供特定目标的传统题目。

（2）样例效应指用已经解决好的样例来代替传统的问题，这些样例必须认真学习。

（3）完成问题效应指用待完成的问题来代替传统的问题，在问题中提供部分解决方案，其余的由学习者来完成。

（4）分散注意力效应指用一个整合的信息源来代替多种信息源，经常是图片并伴有文字。

（5）形式效应指用口头的解释文本和多种形式的视觉信息源来代替书面文本和图表等单一形式的视觉信息源。

（6）想象效应指让学习者用想象或心理练习材料来代替传统的附加学习。

（7）独立交互元素效应指在呈现元素高交互性的材料时，先给学习者呈现一些独立的元素，然后再呈现完全的材料。

（8）元素交互效应指当使用低元素交互的材料时，想象效应等教学效应消失，而当使用高元素交互时，它们又重现。

（9）变式效应指在不同变量情况或增加可变性及任务呈现的方式、定义特征的显著性、任务操作的上下文情境等情况下进行练习。

（10）专业知识反效应指当对新学习者来说很有效的教学方法在学习者获得更多的专业知识时无效，甚至产生相反的效果。

（11）指导隐退效应随着基于知识的中央执行者的发展，基于教学的中央执行者逐步隐退，随着专业知识的增加，完整的样例可由部分完成的样例来代替；而随着专业知识的进一步积累，部分完成的样例可由问题来代替。

（12）冗余效应指用一种信息源来代替多种自洽的信息源。

（二）认知负荷理论的理论基础

认知负荷理论是根据人类的认知结构特点，在认知资源有限理论和图式理论的基础上提出的，其观点如下：①工作记忆是信息加工的主要场所，其容量是有限的，长时记忆是信息储存的场所，其容量可视为无限；②如果认知系统所要加工的信息超出了工作记忆的容量，就不能对信息进行有效加工，即认知超负荷；③信息以图式的形式储存在长时记忆中，激活高度自动化的图式不消耗认知资源。

认知负荷理论认为，学习的过程就是构建图式并使其自动化的过程，是增加图式数量、精化图式结构的过程。

1. 资源有限理论

资源有限理论是由心理学家卡曼尼提出的，也叫有限容量理论或者资源分配理论，这里所说的"资源"主要指注意资源和认知资源。该理论认为人类的认知资源是有限的，如果同时进行多种活动，认知资源就会出现分配问题，且资源的分配往往遵循"此多彼少，总量不变"的原则。

认知负荷理论结合该理论提出表现在工作记忆上的认知资源是有限的，换言之，工作记忆的容量是有限的，也会出现容量分配问题，若需要在工作记忆上加工的信息数量超出了其容量，新的刺激信息就会得不到加工，这时的学习就会变得没有效果，即出现认知超负荷现象。

2. 图式理论

"图式"一词最早由康德提出，并认为知识表征的基本单位就是图式。图式理论认为，构建图式的过程就是将多个信息元素整合成一个信息单元的过程，因此一个图式包含多个信息。由此，图式理论认为，长时记忆中的知识信息如果能以图式的形式存在，就可以减少工作记忆中信息加工的数量，为工作记忆加工信息腾出空间。在此基础上认知负荷理论认为图式的构建和自动化可以减轻工作记忆的负担，释放出更多的工作记忆容量，促进对信息的有效加工，提高学习效率。

（三）认知负荷的类型及其影响因素

影响认知负荷的因素有元素间关联度的学习材料复杂性、学习材料的组织和呈现方式、学习者已有的经验或专长水平，即先前知识经验。

根据来源和是否有助于图式建构，将认知负荷分为内在认知负荷、外在认知负荷和关联认知负荷，也称原生性认知负荷、无关性认知负荷和相关性认知负荷。把这三种负荷相加得到的总和就是认知负荷总量。不同类型的认知负荷对学习和任务结果会产生不同的影响。

1. 内在认知负荷

索伊弗特等人把由学习任务复杂性导致的内在认知负荷称为"外因决定的内在认知负荷"，把由图式可得性决定的负荷称为"内因决定的内在认知负荷"。

内在认知负荷主要由学习材料的性质和学习者的知识经验水平决定。学习材料的性质也即学习材料的难度和复杂性，指的是材料所包含的元素的数量和交互性，元素越多交互性越高，材料就越复杂难度越大，给学习者带来的内在认知负荷就越高。但对相同学习材料的难易程度的感知在不同的学习者身上也会有不同的感受，给学习者带来的内在认知负荷高低也不一样。

知识经验水平高的学习者相对知识经验水平较低的学习者来说所感知的学习材料难度较低，产生的内在认知负荷较低。因为内在认知负荷主要由学习材料的性质和学习者的知识经验水平决定，所以在既定的条件下较难改变，但也有研究者认为内在认知负荷是可以改变的，并且探索出了减轻内在认知负荷的教学方法。

2. 外在认知负荷

外在认知负荷称无效认知负荷，是学习过程中对学习产生干扰的外在影响因素。外在认知负荷与学习材料的组织和呈现方式有关，当学习者从事与图式获得或自动化无关的活动时，就会产生外在认知负荷。

外在认知负荷产生于不合理的材料呈现方式及教学设计，如果材料的组织及呈现方式和学习活动设计得不合理就会给学生带来不必要的负荷，这种负荷就称为外在认知负荷，如与学习主题无关的内容与活动都会引发外在认知负荷。

外在认知负荷对学生加工信息不但没有促进作用反而会干扰和阻碍学生对信息的加工，对学生建构图式是不利的。但因为教学设计可以改变，所以外在认知负荷也是可以控制的，可以通过合理设计教学来减轻外在认知负荷。

3. 关联认知负荷

基于认知策略提出的关联认知负荷也称有效认知负荷，主要受学生建构图式投入的精力和处理信息的元认知策略影响。学习过程中，学习者在工作记忆里将剩余认知资源用于更高级的认知加工中，如重组、抽象、比较和推理等，支持图式构建。

巴德利的工作记忆模型中元认知是中央执行者，即监控认知资源分配的核心。

瓦尔克在关联认知负荷基础上提出元认知负荷，是指学习者在工作记忆中分配、监控、协调和储存图式构建投入的心理资源或承受的负荷。

关联认知负荷是一类由教学设计引起的，有助于学生建构新知的认知负荷。关联认知负荷有利于对图式进行建构，同时在图式的自动化中发挥着重要作用。在认知资源充足的条件下，把剩余的认知资源用来调控学习过程，促使学习者进行深层次的图式建构。如在讲解概念时适当加入与概念相对应的支持性事例，可促进学生理解概念。由于关联认知负荷是由教学设计引起的，所以它是可以改变的。教学中可以通过适当增加关联认知负荷来促进学生对概念知识的理解。

三种认知负荷的总和即认知负荷总量，而工作记忆上的认知资源是有限的，资源的分配遵循"此多彼少"的原则，所以只有当认知资源充足或内在认知负荷和外在认知负荷较低的条件下，才能加入更多的关联认知负荷用以重组、比较、推理等高级的信息加工。在教学中应如何控制这三种负荷，合理分配认知心理资源是值得广大学者探讨的问题。

（四）认知负荷的测量

由于认知负荷具有内隐性和复杂性，所以对认知负荷的测量需要从多个角度进行。心理学家们经过努力，提出了测量认知负荷的不同方法，其中常用的认知负荷计量方法主要有主观测量法、生理测量法、任务绩效测量法。

1. 主观测量法

由于学习任务的难度、学习者的个人努力程度影响着心理资源的占用，在此基础上，主观测量法以学习者在学习过程中的感受来反映认知负荷。具体做法是学习者反思自身的学习过程，并将在学习过程中付出的心理努力程度、学习材料难度以及时间压力等通过问卷的形式反映出来。

主观测量法易于操作，不需要专门的仪器设备，使用起来比较方便且易于掌握。同时，由于它是在学习者结束学习后才进行测量，所以不会对学习过程造成影响，也易于被学习者接受。

2. 生理测量法

生理测量法是指借助相应的仪器设备通过对学习过程中出现的心脏变化、大脑活动以及眼睛的活动等心理反应进行测量来评估学习者的认知负荷的方法。它是一种间接的测量方法，得到的数据比较客观和准确。

生理测量法能够对学习过程中的心理活动进行连续测量，能够将认知负荷的详细变化趋势展示出来，这是其他测量方法无法比拟的。但生理测量法也不可能做到万无一失，如测量到的心理活动的变化有可能是由环境、情感等与认知负荷无关的因素引起的。此外，生理测量法需要借助昂贵的仪器设备，并且测量方法和对测量数据的分析都不易掌握，这都使运用生理测量法测量认知负荷变得不易进行。

3. 任务绩效测量法

任务绩效测量法是一种客观的测量方法，是通过测定学习者完成指定任务的绩效来评估该任务给学习者带来的认知负荷，包括单任务测量法和双任务测量法。

（1）单任务测量

单任务测量法是指根据学习者完成单个任务时所产生的结果来判断学习者的认知负荷的测量方法。该方法认为随着认知负荷的增加被占用的认知心理资源也会随着增多，学习者的任务绩效就会出现错误率升高、效率降低等问题。

任务的准确率和错误率、反应时间和完成时间等是单任务测量的指标。由于在完成学习任务的过程中，内在机制非常复杂，牵涉到的心理资源也有变化，很难直接用单任务的一两个指标来完全表达该任务给学习者带来的认知负荷。

（2）双任务测量

双任务测量是指对学习者在指定时间内同时完成两项任务所产生的认知负

荷的测量。这两项任务可分为主任务和次任务：主任务是学习者花费更多精力完成的任务，次任务是学习者利用剩余精力完成的任务。这两项任务所需资源的渠道相同，要同时完成这两项任务，资源就要在两项任务间进行分配，这样就可依据两者的绩效来判断认知负荷的大小。但双任务测量法也是有局限性的，在完成主次任务时，两者间可能会相互影响，进而影响测量的结果。

要想测量实际的认知负荷情况只用一种测量方法是很难做到的，在实际运用过程中，可以根据不同的测量对象选择不同的测量方法，还可以综合使用多种方法，这样得出的不同测量结果能够相互佐证，提高测量结果的准确性。

二、认知负荷理论在日语和日本文学教学中的应用——以基础日语课程教学设计为例

（一）认知负荷理论对教学设计的指导作用

通过对认知负荷理论的分析，结合教学实践，可以发现认知负荷的三种类型具有以下几方面的特点：

1. 内在认知负荷的可变性

目前看到的基于认知负荷理论的教学设计研究，只有最近几年的少数研究者提到通过分离关联元素降低内在认知负荷，或是利用分层讲解、提供"先行组织者"、利用通道效应等方法降低内在认知负荷，大多数只在降低外在认知负荷，提高关联负荷上做文章。实际上，在教学实践中，内在认知负荷也具有可变性。

这种可变性主要体现在两个方面。

一是学习材料的可选择性。在实际教学过程中，学习材料具有可选择性，同样的教学内容可以由教师选择组织不同的材料完成教学活动。因此，教师在选择材料时可以选择编排合理、简洁明了及学生已经具有相关背景知识的材料来降低内在认知负荷；也可以通过事先布置任务并在教学设计中突出注意层次

性和条理性来降低内在认知负荷。

二是学生群体的多样性和可塑性。学生情况各不相同，同样的学习目标和学习材料也会因为学生自身的知识储备和学习能力不同而产生不同程度的认知负荷。这就要求教师在详细分析学情的基础上以普遍的认知能力为标准进行适合大多数学生的教学设计，并在重难点处照顾到认知困难的学生以期获得最佳的整体教学效果。

还有一点不能忽略，学习能力的提高也是一个动态可变的过程。随着学习内容的深入和学习过程的推进，学生从"新手"逐渐变成"老手"甚至"专家"，造成内在认知负荷的标准也会随着学生认知能力的提高而不断提升。因此，积累的重要性又被凸显出来。

2. 外在认知负荷的可控性

认知负荷理论认为，优化教学设计或呈现方式可以降低外在认知负荷。我国目前针对认知负荷理论的应用研究主要集中于此。降低外在认知负荷，要求在分阶段、分步教学的同时注意冗余效应，即给学生提供知识框架，把教学目标分散成一个个小目标并减少不必要的补充和样例，不让不必要的内容占用学生有限的认知资源。

3. 关联认知负荷与其他两种认知负荷的相关性

关联认知负荷与内在和外在认知负荷具有相关性。如前所述，学生的学习活动是一个动态可变的过程，是一个积累的过程。

积累越多就会建构越多的图示和认知结构，其自动化也会随着关联认知负荷的增多而加快，与此同时，造成内在认知负荷的门槛也将随之不断提高。因此，如果不是以一次学习而是以一段时间的课程学习为对象进行研究，可以看到如果每次学习活动中关联认知负荷都能保持在相对较高水平，那么越到课程学习的后期内在负荷就会越少。

另外，学生对学习内容的兴趣直接决定着关联认知负荷的水平。通过丰富多样的材料和呈现手段引起并保持学生的兴趣是提高关联认知负荷的重要途径。但这种"丰富"一旦过度，将变成"冗余"，从而增加学生的外在认知负荷占用认知资源。因此，掌握好这个"度"就变得尤为重要。

综上，三种类型的认知负荷是互相关联的。因此，在此指导下提出的教学策略不一定要与某种负荷一一对应。一般来说，一种策略应该一同降低内外在负荷，而不应该同一种策略一同降低内外在负荷和增加有效的负荷。

（二）认知负荷理论指导下的基础日语课程教学设计

1.基础日语课程在日语专业教学中的地位

基础日语课程是日语专业的专业基础必修课，授课对象多是零起点的学生。想要学生在听、说、读、写和译等各方面打下坚实的基础，想要他们独立地阅读和透彻地分析文章，能用日语流畅地交谈，使他们具备一定的写作能力与翻译能力，就要从发音开始培养，要做到全面系统地、分阶段地向学生传授日语语言知识，这样才能使学生牢固地掌握最基础的语言及语言技能。基础日语课程的教学效果对日语本科专业学生的培养质量起着决定性的作用。

目前，我国多所本专科院校开设了日语专业，加上语言学校和培训机构，日语学习人数之众使日语早已超出了小语种的界限。但相对于英语教学理论和教学法研究的日臻成熟，我国日语教学研究尚有很大的提升空间。鉴于基础日语课程的重要性，其教学理论和方法的研究意义重大。

2.认知负荷理论指导下的基础日语教学策略

要控制认知负荷，应先选用一套合适的教材。当前基础日语课程教材版本很多，教材编写的理念也有所不同。有的侧重于面上的拓展，目标较为发散，信息量大，注重学生的自主学习，强调自我归纳总结，不太注重语法体系的系统性；有的重视语法讲解和辨析，编排系统细致，却容易使学生的注意力过度集中于语法而忽略了其他内容，白白丧失了很多语言学习的乐趣；有的注重拓展练习的开展，强调学生的主体地位，内容讲解说明过于简单，不足以解释学生在输入和输出时面临的各种困惑。这就要求教师在选定教材之前对多个版本进行详细的了解和分析，再根据本专业学生的学习习惯和特点选定适合的教材。这样既降低了学生学习的难度，可以在材料上减轻内在认知负荷，又提高了师生配合度和学生的学习兴趣，从而提高关联认知负荷。

选定了教材，还要从课前预习、课上学习、课后复习三大阶段入手。通过课前给学生布置预习任务，可以帮助学生搭建课程内容框架，有效降低内在认知负荷。

例如，基础日语课前可以针对单词的应用和语法点布置具体的预习任务，使学生对重点词汇有所掌握并事先了解语法框架，这对上课学习过程中减少内在负荷有很大帮助。通过预习掌握的知识在课堂上得以应用输出，可以帮助学生获得更大的成就感和获得感，从而提高学生的兴趣和专注力，达到提高关联认知负荷的效果。

课上学习的重点是课堂流程的几大环节设计。在导入环节，应真正做到教师善"导"，学生才能"入"。鉴于基础日语课程课型的综合性和丰富性，可用来导入的形式和内容也具有多样性。动漫相关的视频、日本传统文化、新闻等能引发学生兴趣与关注的内容都可以作为导入的材料。学生的兴趣直接关系到认知资源的投入，从而影响关联认知负荷的程度。因此，在导入环节激发学生的兴趣、提高其参与度显得尤为重要。

在新知识的讲解和练习上，要注意精讲精练，避免过多的机械操练磨掉学生的兴趣和耐性。但由于基础日语的授课对象大部分是日语初学者，机械操练不能完全去除，否则会影响学生的掌握和输出。还要注意冗余效应，避免不必要的用例和看似花哨的视频、图片以及 PPT 占用学生的认知资源，增加外在认知负荷。

但适当地展开和引申能唤起学生对背景知识的调动，对学生建立图式并促进其自动化有很大的帮助，因此掌握合适的"度"非常重要。在方法上，可以运用分组讨论、互动教学法增加学生的参与度，突出学生的主体地位。在词汇及语法、动词变形等基础教学中可以引导学生绘制思维导图，帮助学生形成图式，以便更好地输出。

基础日语课的拓展训练环节主要是鉴赏日本文学作品和日语输出的练习，可以给学生提供支撑材料和框架，利用对话练习、演讲发表等形式促进学生有效学习，提高学习效率。课后作业的部分同样重要。课后有效的复习和练习，可以促进"图式"的形成，促使学生不断地完成积累以提高内在认知负荷发生的门槛。基础日语阶段的课后作业免不了背诵、记忆等需要机械操练辅助完成的部分。因此，掌握有效的学习方法对学生至关重要。作为教师，在此阶段要侧重于帮助学生找到适合自己的学习方法而不是一味地填鸭式灌输知识。

综上，认知负荷理论对教学设计、教学效果的改善和对学习效率、成绩的提高都有一定的指导作用。但笔者在探究过程中发现认知负荷理论的要求与建构主义学习观之间相互制约，在具体实施过程中需要掌握好"度"——这个"度"如何掌握，还需要根据一步步的教学实践数据进行总结。

第三节　建构主义理论及其应用

一、建构主义理论概述

（一）建构主义学习理论的相关认知

建构主义主要是研究学习与知识之间关系的理论，建构主义强调学生在学习过程中的主动性，学生在原有知识基础上对知识进行全新理解构建。将建构主义理论与初中英语词汇教学充分结合起来，不仅能够提高课堂教学效率，还能够培养学生的自主学习能力，为学生未来的发展奠定基础。

1.建构主义学习理论

建构主义作为一种哲学方法论，注重分析事物的结构、结构的由来以及结构如何形成等问题。建构主义学习理论则主要研究认知规律，即学习如何发生、意义如何建构、概念如何形成，以及理想的学习环境应包含哪些因素等。

（1）理论来源

建构主义学习理论是指在建构主义观点指导下形成的较为有效的认知学习理论，现如今已经越发成熟和完善。建构主义起源起于儿童认知发展理论，该理论认为在学习过程中学习者是信息的主要加工方。

皮亚杰作为认知发展理论的代表人物，认为儿童是在与周围环境相互作用的过程中去感知和认识世界的。儿童在认识世界时主要采取两种方式：同化和顺应。同化是指当外界发生变化，儿童现有的认知结构能够接受新的事物时，新的知识就被整合到本身的认知结构中，此时认知结构的形式没有发生改变，是一个逐渐发生量变的过程；顺应是指当外界发生变化，儿童现有的认知结构不能接受容纳新的事物时，儿童就应当改变现有的认知结构，此时认知结构发生了质的变化。

维果茨基就认知发展研究提出了"最近发展区"观点，他认为在学生的现有水平与更高一级的发展水平之间存在着差距，两者间的差异就是最近发展区。这种情况下可以通过教学来激发学生发展的潜能，使学生跨越这个差距，进入更高的发展水平。在教学过程中，教师可以通过搭建"脚手架"来帮助学习者跨越差距，向更高的认知水平攀登。此理论对建构主义下支架式教学法的形成产生了影响。

这些理论的共同之处在于，它们都认为学习者是学习过程中的主动方，肯定了学习者的主体性，这也是建构主义学习理论着重强调的一点。

（2）主要观点

建构主义学习理论坚持以学习者为主，注重激发学习者的主动性。建构主义学习理论的观点不同于传统的学习理论和教学思想，它推动了以"教"为中心的教学模式向以"学"为中心的方向发展，对教学设计具有重要的指导意义。

建构主义学习理论认为，学习过程不是一个被动接受的过程，而是利用"刺激—反应"学习法、归纳法等总结新知识，完成知识的学习过程。

2.建构主义的特点

建构主义是认知主义的一个分支，最早是由皮亚杰提出的。建构主义不仅是一种关于学习和知识的理论，而且在哲学、心理学、社会学和教育学方面都有极深的根源。心理学家冯格拉泽费尔德也认同教育建构主义，并提出了激进建构主义。

建构主义理论认为，教育是培养学习者独立思考、分析问题、解决问题的能力。建构主义研究者普遍重视学习者的自主性，认为在教师的监督和指导下，学习者在学习中起着至关重要的作用，课堂应该以学习者为中心。

墨菲认为，建构主义教学具有以下特点：

（1）以学生为中心的教学，为学习者提供自己探索和发现的机会和环境。

（2）提供各种真实的学习资源。

（3）教师作为指导员、监督者、促进者、教练、导师等。

（4）学生和教师的谈判目标。

（5）学生可以通过小组讨论、合作学习和自主学习来建构知识。

（6）提供主要数据以保证真正的复杂性。

（7）专注于解决问题，高层次的思考能力和深刻的理解。

（8）错误和反思的思维受到鼓励。

（9）培养学生探索和发现。

（10）必要时提供"脚手架"。

（11）考核是真实的，是与教学相结合的。

建构主义认为，学习者是课堂的中心，课堂应该以学习者为中心。此外，知识不是通过教师的教学获得的，而是通过学生的构建获得的。然而，教师在课堂教学中仍然扮演着重要的角色。教师扮演的主要角色是组织者、引导者、促进者、指导员和监督员。

（1）教师在设计任务时要对教材和学习者进行分析。

（2）教师应根据目标学习者设计任务。

（3）教师应激发学习者的兴趣，引导学生主动建构知识。

（4）教师应鼓励学生提出自己的新观点。

（5）教师应保护学习者的好奇心。

（6）教师应给予学习者实际的指导，引导他们自己解决问题。

（二）建构主义理论下的基本教育观

建构主义既是一种认知理论，又是一种学习哲学。在一定程度上，建构主义是对传统认识论的革命和挑战。在教学与学习中，建构主义知识观、学习观、教学观、评价观等都对教育教学具有深远的影响。

建构主义理论下的知识观认为学习"是以其现有的知识经验、信念为基础，对新的信息主动地进行选择、加工，从而建构起自己的理解，并使原有的知识经验系统因新信息的进入而发生调整和改变"，即学生是一个独立存在的个体，有着自己的思维和想法，对知识的见解也应该是在自己经验的基础上逐渐建构的。学习知识绝不是简单地"复制和粘贴"，而是随着社会的不断进步和发展，对知识进行不断的建构。

建构主义学习观主张在学习过程中，应在教师的指导下以学习者为中心。在学习过程中，学习者不但要对新接收的信息意义进行积极建构，还要对个体原来的经验进行改造和重组。

也就是要求学生在学习过程中，不断对知识进行编程，并按照自己的需要，在现有的经验基础上，主动选择、加工、处理知识，并以此来建构属于自己特有的知识经验。同时，要求教育工作者在教学中建构包括情境、合作、会话和意义为要素的学习环境。"创设一种与现实生活相类似的情境，使学生在其中经历假设、尝试与探索，并通过师生、生生之间的协作与对话来对外部信息进行选择、加工、处理，共享每个学习者的思维成果等，最终达到意义建构的目的"。

建构主义教学观强调以学习者为中心，特别注重学习者的主体性和选择性，要求把重点放在学习者身上，而不是放在教师身上，更不能简单粗暴地对学习者进行"灌输"，应该把学习者原有的知识和经验作为新知识学习的基础，引导学习者在已有的知识经验上，构建属于他们自己的、新的知识经验。

建构主义理论下的评价观，教学评价的要点是把"结果式评价"变为"过程式评价"，将评价主体多元化、评价方式情境化、评价内容全面化。

（三）建构主义理论影响下的教学课堂

1. 基于建构主义理论的教学设计原则

（1）强调以学生为中心的建构主义理论者强调以学生为中心的教学设计原则。

这一原则主要可以从以下三个方面进行论述：

首先，教师要充分发挥学生在学习过程中的主动性，体现学生的主动性精神。其次，教师应该为学生提供许多不同的机会来利用他们在不同情况下所学到的知识。最后，教师应该让学生形成对客观事物的理解，并利用自己的知识找到解决实际问题的方案，然后完成自我反馈。

（2）强调协作学习在意义建构中的关键作用的建构主义者认为学习者与周围环境的互动对于理解学习内容起着关键作用。

因此，在课堂教学中，学生应该相互交流，交换意见，在教师组织和指导下成立学习班。通过这种协作学习环境，包括教师和每个学生在内的学习小组的思想和智慧可以被整个小组分享。确切地说，是整个学习者群体而不是其中的一个或几个学生一起完成了所学知识的意义建构。

（3）强调学习环境设计的建构主义者认为学习环境是学习者可以自由地进行探索和自主学习的场合。

此外，在学习环境中，学生可以利用文本材料、书籍、视听材料、多媒体课件、互联网等多种工具和信息资源来实现他们的学习目标。教学环境是指一个支持和促进学生学习的地方。总的来说，建构主义理论指导下的教学设计是针对学习环境而不是教学环境进行设计的。

（4）强调学习过程的最终目的是完成意义建构。

建构主义学习环境下强调学生是认知主体和积极意义建构者。因此，他们把学生的意义建构作为整个学习过程的最终目标。在他们看来，教学设计通常不是从对教学目标的分析开始的，而是从如何为学生创造有利的情境来建构意义开始的。教学设计的各个环节，包括学生的自主探索、合作学习、教师的辅导等，都是围绕"意义建构"中心展开的。总之，学习过程中的所有活动都应该服从于本中心，这样有利于学生完成和深化知识的意义建构。

2. 基于建构主义理论的教学方法

学生和教师地位平等。在教学过程中，应鼓励师生合作。建构主义理论既重视个体的自我发展，又重视教师的外部指导。教师的角色从传统的知识传递者转变为组织、引导、帮助者和促进者，帮助学生进行知识建构。

教师必须为学生提供元认知工具和心理测量工具，要求他们使用认知加工策略。学生的角色是知识的积极参与者和积极建构者。他们应该采用一种新的学习方式、新的认知处理策略，探索和发现建构知识的意义。课堂是情境性的，教师必须创造一个良好的学习情境，让学生自己进行实验、探索、合作、研究，完成任务，充分理解问题。

在评价体系中，评价方法由统一的标准和统一的测试转变为诊断和反思学习。学生应该进行自我监控、自我测试、自我检查等活动。

基于建构主义理论的基本教学模式是：学习是核心。在整个教学过程中，教师扮演着组织者、导游、帮助者和促进者的角色。运用情境、合作、对话等环境因素，充分发挥学生的主动性、积极性、开拓精神，达到使学生有效建构所学知识的目的。下面列出了三种具体的教学模式。

（1）支架式教学

支架式教学的思想起源于苏联心理学家维果茨基的理论——最近发展区。在这一理论中，支架式教学应提供一个概念框架，以帮助学习者建构对知识的理解。这个框架的概念是为学习者所需要的，以进一步理解问题。为此，教师应提前分解复杂的学习任务，以促进学习者对任务的逐步深入理解。建构主义者生动地将概念框架比作"脚手架"。他们认为，脚手架的作用是通过支撑，不断地将学生的智力从一个层次提升到另一个层次，真正让教学走在发展的前面。

脚手架教学由以下几个部分组成：搭建脚手架、进入情境、独立探索、合作学习和效果评估。在脚手架教学的第一部分，教师应围绕当前学习主体的近地点发展区域的要求，建立概念框架。在脚手架教学的第二部分，教师应引导学生进入一个特定的问题情境，即概念框架中的某个节点。在脚手架教学的第三部分，教师应该给学生足够的时间去独立探究内容，学生需要探究的内容包括确认与给定概念相关的各种属性，并根据其重要性对这些属性进行排序。

此外，在探索之初，教师应该提出或介绍相关的类似概念，以启发和引导学生，然后让学生做出分析。

在学生的探索过程中，教师可以及时给学生一些提示，帮助学生在概念框架的基础上推进探索。一开始老师可以给学生更多的帮助，然后减少帮助，让学生有更多的自由空间去探索。最后，教师应尽最大努力，使学生在没有教师帮助的情况下，不断推动概念框架的探索。在脚手架教学的第四部分，学生应该通过合作学习来互相讨论和改变观点。讨论的结果可能增加或减少与当前所学概念相关的固定性质，因此这些性质的秩序可能会有所调整。此外，它可能使前一种复杂的情况更加清楚和连贯。

总之，通过分享思想成果，使学生对当前的学习理念有较为全面、正确的认识。也就是说，它使学生最终完成了所学知识的意义建构。在脚手架教学的最后一部分，对学生的学习效果进行评价。评价包括学生个人评价和学习小组对个人的评价。评价的内容包括三部分：自学能力、小组合作学习所做的贡献，以及他们是否用已有的知识完成了意义建构。

（2）抛锚式教学

建构主义认为，如果学习者想要完成知识意义的建构，就必须对事物的本质和规律、自身与其他事物之间的关系有一个深刻的理解。因此，最好的方法是让学生感受和体验在一个现实世界的实际环境而不是听关于这种经验的介绍和解释。

确切地说，就是让学生通过获得直接的经验来学习。抛锚式教学的目的是让学生产生学习的需要，在一个完整真实的学习环境中通过嵌入式教学以及学习社区成员之间的沟通和互动，完成识别目标的整个过程，提出目标和达到目标得依赖一个人的主动学习和亲身体验。

这种教学需要建立在相关的真实事件或真实问题上。把这种真实事件或问题建立起来，就像锚一样生动。因为一旦确定了事物或问题，整个教学内容和整个教学过程就会确定下来，就像一艘船被锚固定住一样。

锚定指令由以下几个部分组成：

第一，建立情境。在这一部分，教师应该尽力让学习内容发生在与实际情况相似或几乎一致的情况下。

第二，建立问题。在上述情况下，让学生选择与当前学习主题密切相关的真实事件或问题作为学习的中心内容。这将使学生面对一个真正需要马上解决的问题。所选择的事件或问题是锚，这个部分的功能是抛锚。

第三，自学。在课堂教学中，建构主义者不同意教师直接告诉学生如何解决存在的问题。相反，他们认为，教师应该给学生一些链接以及解决问题相关的信息，比如需要收集什么样的材料，可以获得相关信息的地方，在现实中找到解决类似问题的方法，等等。此外，教师还应特别注意培养学生的自学能力。

通过建立学习内容表的能力，获取相关信息和资料的能力，以及使用和评价相关信息和资料的能力，总结自学能力。

第四，合作学习。在这一部分，学生可以互相交流和讨论，加深对当前事物的理解。

第五，效果评价。因为锚定教学要求学生解决他们所面临的实际问题，所以学习过程就是解决问题的过程，可以直接反映学生的学习效果。

（3）随机教学

随机存取教学是建构主义者追求高级学习的一种教学策略。学习者可以通过不同的途径和不同的学习方法，自由地学习相同的教学内容，从不同的角度了解和理解相同的事件或相同的问题。这种教学被称为随机存取教学。

随机存取教学的基本思想来源于建构主义理论——认知弹性理论的一个新的分支。该理论的目的在于提高学习者的理解能力和知识迁移能力。不难看出，随机存取教学因时间和目的的不同而对学习者提出了不同的要求，旨在培养和提高学习者的理解能力和知识迁移能力。

换句话说，这些要求是根据认知灵活性理论提出的。由于事物的复杂性和问题的多样性，全面理解和把握事物的内在本质与相关事物之间的相互作用是非常困难的。所以，要真正全面、深入地完成所学知识的意义建构，从不同的角度思考，学生就能有不同的理解。为了克服这种弊病，应该注意在不同的场合、不同的时间、不同的目的，以不同的方式呈现给学生相同的教学内容。

随机存取教学主要包括五个部分。

第一部分是基本情况的介绍。在这一部分，教师应向学生展示与当前研究主题相关的情况。

第二部分是随机学习。在这一部分中，教师应该呈现给学生与当前研究课题不同的、与侧向性质有关的情况。在这一过程中，教师应注重培养学生的自主学习能力，使学生逐步学会自主学习。

第三部分是思维发展的训练。由于随机存取的内容比较复杂，所研究的问题涉及很多方面，因此，在这种学习过程中，教师也应该注重培养学生的思维能力。所以在课堂教学中，教师向学生提出的问题不应该是单纯的知识问题，而应该是有利于促进学生认知能力发展的问题。同时，教师要注意培养学生的思维模式，培养学生的发散性思维，了解学生的思维特点。

第四部分是小组合作学习。在这一部分中，小组成员围绕从不同侧面获得的理解进行讨论，每个学生的观点都应该通过由所有学生和教师建立的社会咨询环境来进行调查和评论。同时，每个学生都应该思考和反映别人的观点。

第五部分是学习效果评价，这一部分包括自我评价和群体评价两个方面。所评估的内容几乎与脚手架指令方法中所评估的内容相同。

二、建构主义理论在日语教学中的应用——以日语口译教学为例

伴随着国际交流的常态化，国内兴起了一股口译学习热潮。在传统的日语口译教学中，以教师为主导的教学模式仍占据主要地位，学生的主体性、教学过程的开放性以及教学的互动性等未得到充分的体现，学生的口译水平也未得到较大幅度的提升。但是，近年来建构主义理论在教学中逐步得到重视并积极推广运用，对提升高校学生日语口译水平起到了重要作用。

笔者从教学情境营造、学习模式改进、教学形式以及评价形式改进等方面对高校日语口译教学进行了改进和优化。

（一）营造良好的教学情境，引导学生主动建构学习内容

由于口译的特殊性，学习者必须置身于真实的情境中才能达到理想的学习效果，所以营造逼真的口语场景有助于提升教学质量。

在进行实际的场景营造时，可以借助现有的教学手段，将新闻时事解说、会议视频等当作训练材料，来创建良好的教学情境。

多种教学手段的使用，既可以为学生提供更加便利的自主学习环境，也可以大大降低课堂教学任务，增强课堂运用功能。此外，在进行实际教学时，教师还可以让学生准备口译材料来配合教学，这样既能扩大学生的知识广度，提高自主学习能力，又能避开教学内容闭塞的缺陷，提高学生的学习热情。

（二）采用小组合作学习模式，注重学生的主动性和参与性

合作在口译学习中至关重要，而语言类学习者又应该加强语言表达练习，

所以教师要为该练习提供平台，要依据学习者的实际情况组织小组学习实现辅助教学，尽可能让同一水平的学习者在同一小组进行练习，达到互相提升的效果。如让学习者以小组为单位进行课前学习准备或课堂练习，让每个学生都能真正参与到口译练习中来，提高口译训练效果。小组合作又可分为组内与组间合作。

组内合作可以提高学员参与度，扩大教学的受众面，避免以往课堂教学中不能顾及每个学生的问题发生，并且可以增加学生间的交流。而组间合作可以锻炼学习者的社交能力。

教师还可以为各组分配不同的任务，让各组根据自己的资料进行交流训练，从而掌握新知识。

为提高学生的学习热情，任务的制定可以结合当下热点或学生喜爱的剧本形式进行。口译工作是"再现—整理—表达"的过程，对学习者个人的逻辑思维与应变有较高要求，教师在教学实践中以项目式、任务式的方式引导学生进行该过程，并为学习者创建交流平台，能够有效提升口译效果。

（三）善用互动式教学形式，突出学生的主体地位

目前，很多高校都在进行"以学生为中心"的教学改革，要求教学过程以学生为中心，以学生需求为导向，因此，教师要更多地与学生建立有效互动，更多地了解学生的实际学习情况。

互动式教学是双向的，提问法则多被理解为互动式教学的"启动步"，教师在课堂上可以采用提问或游戏的方式多与学生互动交流。

学生对问题的反应或对游戏的参与度可以成为确认学生学习情况或调整教学进度的重要参考。这样既能够突出学生在课堂上的主体地位，提升学生的学习能力，又会对提高课堂效率有很大帮助。

（四）采用综合性效果评价方式，对学习者进行更客观全面的评价

对学习成果进行评价时，应从多方面进行考虑，具体可以细化为学习者的学习态度、学习表现、参与程度与合作学习时的贡献等。而评价方式也要实行多种评价并行的方式，综合教师评价、小组互评与自我评价三方面得出最终评价。通过多种评价方式的组合运用，实现对学生日语口译学习效果客观、全面的评价。

第四节 语用学理论及其应用

一、语用学理论概述

（一）语用学的兴起和发展

语用学也叫语言实用学，是研究语言应用及其规律的学科。语用学的名称最初出现在 20 世纪 30 年代，由美国逻辑学家莫里斯提出，当时他阐述了符号学可分为三个组成部分：符号关系学、符号意义学和符号实用学。

其中符号实用学研究符号与使用者之间的关系。莫里斯的观点正好与语言学界不谋而合，他的符号学三分法被借用到语言学界，成为语言学常用到的三个平面的名称，即语法学、语义学和语用学。此后，在这个基础上又经过各专家的研究和发展，终于语用学在 1977 年随着《语用学杂志》在荷兰的创刊，成为一门独立的学科。

1986 年国际语用学会成立，语用学的地位得到了国际学术界的认可。这一可喜成果与奥斯汀、格赖斯、利奇、舍尔、列文森、威尔逊等人的努力是分不开的。

随着语用学被正式认可，语用学的发展速度加快，受到了越来越多的专家学者的重视。他们认为语用学将成为一门特有前途的语言学科。语用学在 20 世纪 80 年代发展成熟，研究议题和范围不断扩大，各类专著不断涌现。

语用学的研究范围，从广度上说包括语境、言语行为、指示语、会话含义、会话结构等，这些方面成为语用学研究的重要内容。

从深度上说，语用学研究内容在深度上不断发展，不断深化。例如，在语用原则方面，格赖斯于 1967 年提出了会话的合作原则，此后这一理论又得到不断完善。因为有些话语故意违背了合作原则，这是运用语用合作原则无法解释的，所以作为对这一合作原则的补充和修正，利奇于 1983 年提出了礼貌原则以及次准则。

随着越来越多的专家学者的关注和研究以及认知理论的发展，斯帕波和威尔逊于 1986 年提出了以认知理论为基础的关联原则。1991 年列文森又全面地提出了新格赖斯语用机制，力图从语用主体双方全面阐释话语的一般含义。这一语用机制的研究拓展了语用原则的适用范围，特别是在语文教学方面，它的适用范围不断扩大。

随着语用学在国际上得到承认，并获得越来越快的发展，国内语用学研究也掀起了热潮，这一研究始于 20 世纪 80 年代。并且国外语用学的理论被大量引进和介绍，这对国内语用学的发展起到了极大的推动作用。

（二）语用学的定义

虽然语用学的理论出现的时间较长，但对它进行一个准确的定义却十分困难。其原因一方面在于这一理论比较复杂，另一方面语用学独立成为一门学科的时间并不长，这一理论还在不断地发展和深化，随着研究的不断深入，还有很多未知的内容有待研究。

什么是语用学？有学者是这样定义的：

语用学是在动态的语言应用中研究说写者表达的语用意义和听读者理解的语用意义，并且研究语用意义的实现和变异的科学。

也就是说，语用学关注的对象是使用语言的说写者和听读者；关注语言使用中的各大因素，特别是语境在其中起到的作用；而且语用学也十分关注语言手段本身并使它同语用主体和语境联合起来。

换句话说，语用学是从说写者和听读者两个方面及两者关系上，研究人们的语言理解和语言表达，研究特定语境下的特定话语的含义，并研究语境的多种功能，研究语用的言内之意和言外之意及这种意义产生的条件等。

二、语用学理论在日本文学教学中的应用——以日语翻译教学为例

语用学最早见于美国哲学家莫里斯的《符号理论基础》中对符号学的三分法，即把符号学分为符号关系学、语义学、语用学。语用学主要研究语言的使用与语言使用者的关系。如今，语用学逐渐与其他学科如翻译学、应用语言学等相互渗透与研究。

当前译界将如何处理翻译中的语用学问题称为语用翻译。它同语义翻译相对应，成为翻译理论中的一个新模式。

在日语翻译教学过程中，认识到语用学重视的语境、言语行为理论、关联理论等对学生正确翻译原文很有帮助，培养学生的语用意识对翻译教学至关重要。因此，笔者将以语用学的理论为指导，从语境、言语行为理论、关联理论三个方面结合实例分析语用学理论在日语翻译教学中是如何运用的，并深入探讨文化意象翻译时的相关翻译策略；并在此基础之上，针对语用学理论在日语翻译教学中的应用提出建议。

（一）语境与翻译

语境指语言使用的环境或语言交际的环境。在言语交际中，语境对话语意义的恰当表述和准确理解起着重要作用。

关于语境在翻译中的作用，纽马克指出，语境在所有翻译中都是最重要的因素，其重要性大于任何法规、任何理论以及任何基本词义。在语用翻译过程中，应该充分考虑语境因素，并通过找到语境的关联来进行演绎推理，以准确并如实地再现原文的风格、信息等。只有正确地理解话语的语言语境因素和非语言语境因素，在翻译中才能认识、把握原语的意图，从而提高目的语话语表

义的准确性。

翻译无论以何种方式呈现，语言、情境、文化等各种语境因素都不可避免地影响着翻译内容的准确性。

语境在翻译过程中起着不可估量的作用。译者必须考虑语境中的诸多语用因素，对人们词语的使用能力做出合理的分析，准确地将原文表达的各种意图翻译出来。

（二）言语行为理论与翻译

奥斯汀的言语行为理论首次将语言研究从传统的句法研究层面分离开来，强调从语言实际的角度来分析语言的真正含义。

言语交际中的间接言语行为在缺乏语境的情况下，是很难理解的。这是因为同一个句子在不同语境下，可以用来表示不同的言语行为。并且汉日两种语言的同一句式所表达的言语行为也是不一样的。

例如，在日语中否定疑问句常常被用来表示"建议""邀请"等言语行为。这种间接言语行为发生时话语的字面意义隐含另一种意义。面对这样的话语，译者就必须充分利用语境来理解此话语，判断说话人的真正意图，并把该话语间接实施的真正言语行为在译文中表达出来，从而实现译文的语用语言等效。

在翻译时，译者只需根据原文的字面意义翻译出来，因为目的语读者或听者也可以根据语境推导出说话者的"拒绝"言语行为。

在日语中表示邀请时，直接询问对方的欲求被认为是不礼貌的行为。这就要求在翻译时认真研究原文的暗含用意，力求使译文真实表达出作者的意图。

日本人称赞他人，特别是下对上表达称赞之意时，往往采用"受到恩惠"和"表示感谢"等形式。这是因为在日语中语言形式的"礼貌"不等同于语用意义上的"礼貌"，有些场合即使语言形式使用了敬语等礼貌的表达形式，也会因为给听者造成不快而变成不自然的日语表达形式。

汉日两种言语在言语行为方面存在诸多差异，但是由于学习日语的时间尚短，很多学生体会不出来。作为教师有必要把这种言语行为的语用差异通过举例子的方式明确告诉学生，提醒他们在翻译的时候多加注意，避免因受汉语母语的影响而导致语用失误。

（三）关联理论与翻译

笔者试图从关联翻译理论的视角出发，探讨在日语翻译教学中将如何教授给学生一些翻译策略，从而最大限度地避免或者补偿文化意象翻译中可能出现的文化亏损现象。

1.直接翻译

直接翻译指在译文中保留原语形象的翻译方法。如果能够在原文和译文的认知语境中找到相同或相似的文化意象，译者便可以采用直接翻译法。

我国有很多古典书籍传到了日本，日本人对古汉语中典故的接受程度较高。两国读者在认知语境中具有相同的语境假设，译者采用直接翻译的策略便可以传达出作者的信息意图和交际意图。

2.直接翻译添加注释

译者看到原文中出现一些阅读难点时，为便于读者理解译文，可以在直接翻译的基础上，采用添加注释的翻译方法。

3.直接翻译加修饰语

同一文化意象在汉日认知语境中出现文化移位现象时，译者可以采用直接翻译增加修饰语的翻译方法，以使作者的意图和译文读者的理解相吻合。

4.直接翻译增加隐含意义

译者可以凭借其他的百科知识，在译文中增加译文读者不熟悉的文化意象的隐含意义。

5. 音译

采用音译的翻译策略传达文化意象时，有必要提醒学生注意它的可接受性。否则，需要给音译加上适当的注释，以便译文读者接受。

6. 直接翻译和间接翻译的合用

遇到典故，感到仅靠直接翻译不能传达作者的意图时，译者可以综合使用直接翻译和间接翻译两种方法。直接翻译可以传达作者的信息意图，间接翻译可以传达作者的交际意图。

如果直接翻译"举人"一词，日本读者可能难以理解，因为在日语读者的认知语境中没有这样的文化意象。间接翻译法增加了相关信息，弥补了仅靠直译作者的信息意图可能会产生的文化亏损。

如今是一个我国和外国文化交流更加频繁、更加深入的时代。在翻译实践中遇到与文化相关联的事物的概率更高。这就要求我们灵活运用上述翻译策略，力求使翻译更加准确地表达原文意义，促进跨文化交际活动的顺利进行。

三、语用学理论对日本文学翻译教学的启示

1. 有必要提高学生的语用意识及语用能力

在日语翻译教学中，要有意识地把语用学的相关知识融入教学中，提高学生的语用意识和语用能力。有必要强调语境的重要性，引导学生从语境角度去思考原文字、词、句的翻译。基础阶段的日语教科书，很多例句比较简单，只有独立的一句话，没有特定的语境，有时难免会给学生造成理解上的困难。针对这种情况，教师可以引导学生去设想这句话的语境是什么，会话的双方是何种人际关系，从而帮助学生正确理解句子并准确翻译。

编写日语教科书的时候，在增加句型种类的同时，需要明确在什么样的语境时才能使用。翻译教学中需要有意识地分析讲解语用失误的例子，以便使学

生逐渐加深语用意识，避免语用失误。

2. 有必要教授语用翻译策略

教师要对不同语言形式的语用功能和其使用语境进行充分解释，并结合实例分析语用翻译策略，以语用来促进翻译教学。除了在课堂上有意识地培养学生的语用意识，结合教学内容介绍相关的语用规则之外，教师还可以通过其他渠道来培养学生的语用技能，如观看日语电影、日剧、动漫，阅读日本文学作品等。

教师要让学生意识到汉日两种语言词汇表达的特殊语用功能，在考虑文化差异的同时，要用不同语言的语用策略来完成翻译任务。教师可以告诉学生，寻找关联的过程就是提取各种各样有效信息的推理过程。

初学翻译者往往不敢增减词语，以致译文生涩拗口。翻译教学中如果能从语用学的角度讲清楚增减词语的理据，将有助于学生更好地掌握这一翻译技巧。

随着全球化时代的到来，某些词汇也在悄然发生变化。作为教师有必要训练学生的语言敏感度，让学生及时关注到语言文化层面的变化，以便使翻译更加准确、贴切。

总之，在教学中需要先引导学生正确理解原文所包含的语用含义，包括言外之意。然后在深刻理解原文的语用含义的基础上，考虑如何传达语用含义以及传达到何种程度的问题。

第五节　元认知理论及其应用

一、元认知理论概述

（一）元认知概念的界定

元认知的概念起源于"记忆的记忆"的研究，由弗拉维尔最先提出。弗拉维尔认为，元认知一方面指个体关于自己的认知过程、结果以及任何相关事物的知识，另一方面则指个体对自己认知过程的主动监控、结果的调整以及对各个过程的协调。

后来将元认知概括为"个体对自己认知状态和过程的意识和调节"。可见，元认知是认知主体对自身心理状态、能力、认知目标、认知策略方面的认知，也就是对认知的认知。元认知包括元认知知识、元认知体验和元认知监控。

元认知知识就是有关认知的知识，主要是主体通过经验而积累起来的，关于认知活动的一般性知识，即对影响认知活动的因素、各因素之间的相互作用以及作用的结果等方面的认识。元认知知识一般储存在个体的尝试记忆中，具有比较稳定的特点，它以意识化或非意识化的方式对认知活动施加影响。

元认知体验是主体在从事认知活动时所产生的认知和情感体验。它可能被主体清晰地意识到，也可能处于下意识的状态；其内容可简单，也可复杂，可以是对知的体验，也可以是对不知的体验；可以发生在认知活动开始之前，也可以发生在认知活动过程中或认知活动结束后。

可见，元认知体验直接影响着认知任务的完成情况。积极的元认知体验会激发主体的认知热情，挖掘主体的认知潜能，从而提高认知加工的速度和有效性。

元认知监控是指主体在进行认知活动的过程中，将自己正在进行的认知活动作为对象，不断地对其进行积极而自觉的监视、控制和调节的过程。按认知活动的进展过程，元认知监控策略分为四种：制订计划、执行控制、检查结果和采取补救措施。

（二）元认知理论的结构

有关元认知理论的结构，研究者也是各有看法。弗拉维尔提出元认知理论的两大组成部分是"元认知知识"和"元认知体验"。

元认知知识为个体所存储的既和认知主体有关又和各种任务、目标、活动及经验有关的知识片段；元认知体验是伴随并从属于智力活动的有意识的认知体验或情感体验。

布朗提出元认知理论的两大组成部分是"有关认知的知识"和"认知的调节"。

"有关认知的知识"是个体关于自己的认知资源及认知资源与学习情境之间匹配到何种程度的知识。事实上，"认知的知识"就相当于弗拉维尔的"元认知知识"。"认知的调节"指学习者在力图解决问题的尝试过程中所使用的一系列调节机制，包含一系列的调节过程，如计划、检查、监测和检验等。

国内研究者一般认为，元认知理论由三部分构成，即元认知知识、元认知体验和元认知监控。它们之间是互相作用、密不可分的。

1.元认知知识

元认知知识是指个人所具有的关于影响自己的认识过程与结果的各种因素，这些因素之间的互相作用及其影响方式的知识。其可以细分为以下几点。

（1）对个体内差异的认识。如能正确认识自己的兴趣、能力水平、学习特点以及自己在学习特定内容时的限度，知道自己哪方面的能力比较强，等等。

（2）对个体间差异的认识。如能认识到他人认知能力的特点与长处，认识到自己与他人的种种差异。

（3）对不同个体间的认知相似性的认识。

第一，它是通过观察他人内省自己，对人类认知的一般性规律的认识。如知道人类理解有不同水平等。

第二，有关在认知材料、认知任务等方面的知识，主体认识到材料的性质、顺序、熟悉度、逻辑特点、主观方式等制约其认知活动的进展和结果；另外，在认知目标、要求方面，不同认知任务的目标和要求是不同的。

第三，有关认知活动中的策略知识，是指认知主体在完成认知任务时所需要有关认知策略的知识。策略是提高认知活动效率的方法和技巧，涉及的内容很多，如进行这个认知目标，有哪些可以利用的策略、每种策略的优点和缺点、怎样使用这些策略等。有关认知主体、认知任务、认知策略三方面的知识组成了认知主体的元认知知识结构。元认知知识是元认知理论的基础。

2.元认知体验

元认知体验是主体在从事认知活动时产生的认知体验和情感体验，可能被主体清晰地认识到，也可能是下意识的感受。元认知体验包含已知的体验，如我认为我对这篇文章的结构理解非常清楚；也包含未知的体验，如我觉得我自己对某句话完全不理解；内容上可简单也可复杂；时间上可长可短，如在写作时可能感受到一段时间的困难，随后这种感觉就消失了，也可能非常长的时间内依然保持这样的感受。

元认知体验可发生在认知活动的初级阶段，主要是对任务的熟悉程度、任务的难度和对完成目标的信心的体验；发生在认知过程的中期，主要有对当前工作进展的体验，有关主体面临的困难或遇到的障碍的体验；发生在认知过程的后期，主要是关于目标是否完成，认知过程的效率怎样的体验以及有关主体所得的体验。

认知活动中觉得将要失败而产生的焦虑，预感成功而产生的喜悦，从成功的经历中获得经验，从失败的经历中吸取教训，借此产生各种感受，这些都是主体在认知过程中的情感体验。元认知体验一般特别容易发生在需要激发高度自觉思维的工作中，因为这样的工作要求活动主体事先有充分的计划，事后有总结评价，并要进行策略选择，因而整个过程会提供很多机会使人们体验自己的思维。元认知体验是元认知理论的驱动力。

3. 元认知监控

元认知监控就是主体在进行认知活动的过程中，将自己正在进行的认知活动作为意识对象，不断地对其进行积极、自觉的监视、控制和调节的过程。它主要包括以下四个方面。

（1）制订计划，即根据认知活动的目的要求，在一项认知活动开始之前构思各种可能解决问题的方法，并预估其有效性，选择最有效的策略，制订最合理的计划。

（2）执行控制，即根据活动目标计划，在认知活动进行的实际过程中，严格及时地监视、评价和反馈认知活动进行的各种情况，一旦发现认知活动中存在不足，就及时修正并调整认知策略。

（3）检查结果，即根据有效性目的标准来评价各种认知行动、策略的达成效果，根据认知目标评价认知活动的完成结果，正确估计自己达到认知目标的程度和水平，总结这个认知活动中的经验教训。

（4）采取补救措施，即根据对认知活动反馈结果的检查，如果发现问题，就及时采取相应的补救性措施来弥补失误。

实际的认知活动中，元认知知识、元认知体验和元认知监控三者互相联系、互相依赖、互相制约，有机地组成了对主体的认知活动具有高水平的自我意识和自我调节功能的一个开放的动态的系统。

具体来说，主体所拥有的各种元认知知识，有利于人们在认知活动中对活动过程进行实时监控，指导认知主体通过元认知监控这个具体的操作过程自觉有效地选择、评价、修改认知策略。

同样，它也能引起人们在整个活动过程中的各种各样的元认知体验，帮助主体准确理解元认知体验的含义。元认知体验与元认知知识是相辅相成的，主体产生的任何元认知体验均受制于相关的元认知知识，元认知体验也可能转化为元认知知识；元认知体验有利于有效的元认知监控，对其产生动力性的影响。

元认知监控制约着元认知知识水平，可以不断检验修正相关的元认知知识，使主体所具有的元认知知识结构更加完善；元认知监控的每个具体步骤，都会制约元认知体验的产生。在具体的认知活动中，元认知监控与元认知体验的关系是密不可分的。

元认知理论的三个部分是相互依赖、相互作用的，如迪尤尔所述："它们可以在概念上加以区别，但是它们又是相互联系着的整体，不可截然分开。"三者的有机结合构成了元认知理论系统。

综上所述，语境、言语行为理论、关联理论等语用学理论对翻译教学起着不可缺少的作用。在翻译教学的整个活动中，教师始终处于向学生传达翻译理论和翻译技巧的核心地位。因此，教师有必要把语用学相关理论引入翻译教学当中，为学生提供一种新的翻译视角和方法。

在课堂上进行实际的翻译训练，通过学生翻译，教师讲评、修改，逐渐培养学生的语用翻译意识，教会学生首先从语境的角度去把握原文并进行翻译。此外，还要学会调动已学的词汇、语法、文化等百科知识，不断寻找关联，灵活使用语用翻译方法，以期达到语用等效。

（三）元认知的培养

教学活动包含了各种认知过程。目前，国外做了大量的元认知研究，发现元认知在语言理解、写作、记忆、注意、问题解决和各种自我学习中都起着重要的作用。

元认知的培养包括以下几个方面。

1. 要完善元认知知识

完善学生的元认知知识主要从以下几个途径入手。

（1）提高学生的认识和加强自身认知特点的意识。在教学过程中教师要有意识地引导学生采用不同的方法进行学习，让学生充分了解自己的认知特点，并选择更加适合自己的学习方法。

（2）增强学生对自己的学习任务或目标带有影响因素的意识。如学习任务的性质、特点、要求的意识性的培养，这对学生合理分配时间和提高学习中的注意力的影响起着重要的作用。

（3）提高学生的认知策略水平。其主要包括认知策略是什么、适用范围、如何使用、何时应用这几个方面。如果学生掌握了这些知识，就能够很好地习得知识，将学到的这些策略迁移到未曾训练的情境中，灵活运用，完成任务，最后达到目标。

布朗在此研究的基础上提出了"感受自控训练法"，旨在教学中帮助学生学会什么时候运用什么策略，并理解使用该策略的原因。同时，让学生加以练习，掌握不同的策略和使用的条件，做到彻底完善自己的元认知知识。

2. 丰富元认知体验

只有元认知知识是不够的，还要不断丰富学生的元认知体验。元认知体验不仅影响学生对任务目标的确立，还影响学生个体的元认知知识和元认知策略的产生。教师应在教学中积极地去积累元认知体验的情境，并引导学生产生元认知体验。这样的教学情境和教学氛围会帮助学生学以致用，兴趣倍增，提高学习效果。

3. 提高元认知监控能力

元认知的培养需要提高学生的元认知监控能力。元认知监控不仅需要通过学生个体内部的反馈来实现，还需要外部的环境作用。营造良好的学习环境和教学氛围可以更好地引导教师从外部反馈作用于内部反馈。心理学家认为迁移是一种学习对另一种学习的影响，学生的迁移水平在某种程度上体现了学生的元认知水平。

二、元认知理论在日语教学中的应用——以日语初级听力教学为例

（一）元认知理论在日语初级听力教学中的指导意义

所谓元认知理论，就是元认知知识、元认知体验和元认知监控三者有机动态的结合，即选择有效认知策略来控制、指导、调节认知过程的执行。其本质是人对认知活动的自我意识和自我控制。

听力是一种有目的的、积极提取有效关键信息的行为，而听力理解则需要听力活动的主体对于输入的语言信息进行解码、加工、意义重构和输出，在这一过程中，主体的积极参与显得尤为重要。

作为一名语言教师，与传授学生一种语言技能相比，教会其如何听，如何学，如何用正确的思维习惯和方式合理规划、监控、评估学习过程似乎更为重要，尤其是在语言学习的初级阶段。这也就是元认知理论在日语初级听力教学中的指导意义。

具体来讲，就是彻底激发学生的内在动力和学习热情，让学生自觉主动地设置学习目标，制定学习方案，选择学习内容，设计学习环节，调整学习进度，评价学习效果，从而引导学生养成良好的语言学习习惯。

（二）教学流程设计

所谓教学模式，就是教师教学理论或教学思想的反映。任何一种教学模式除了特定的理论指导与支持外，都必须具备与其理论框架相适应的逻辑步骤和操作程序，也就是说，某种教学模式的选择，直接影响了教学活动的流程和教

学行为规范。

1. 课前计划与准备

课前准备阶段，是整个教学过程的准备阶段，也是保证这一教学模式顺利实施的最重要步骤。简单的课前准备，学生盲目地听，难以实现预期效果。在这一环节中，教师应当首先对学生的听力理解能力、知识掌握程度以及现有的学习方法等情况进行评估，并以此作为授课基础，开展后续的课程设计。

其次，教师需要对本课所涉及的内容、文化背景进行梳理和剖析，将课程与学生已有的认知水平和知识结构相联系，合理选择授课的难易程度，并帮助学生了解听力材料以及每课的教学目标，进而有效调动学生的学习积极性，让学生根据自己的实际水平和情感接受能力，自行制定短期目标和实施方案。授课材料的难易程度选择尤为重要，过于简单的材料，会导致学生无须使用任何策略；而过难的材料，又会使他们没有时间去考虑如何运用恰当的策略。

2. 过程指导与监控

过程控制阶段，是整个教学过程的实施阶段，也是教师检验学生学习效果的主要手段。过程监控不等于简单的课堂提问检查，而更需要教师在这一过程中，对学生的课前准备情况进行准确的指导。学生执行自己所制订的学习计划，对学习过程进行有意识的自我监控，分担了教师的部分课堂教学压力，为教师观察和监测学生的学习情况，并针对不同学生进行分层次的讲解和教学提供了充足的时间。

在实践中，根据学生学习中所遇到的问题，教师的主要时间用在了指导学生掌握语音识别、选择注意力、词义猜测、逻辑推理、图解速记等听力理解策略方面，引导学生合理利用这些策略并进行有效的调节和监控，从而帮助学生有效利用课堂之外的自学时间。

3. 课后评估与调节

学生完成每节课的学习计划后，对这一阶段学习过程的评价和反思是整个教学流程的重中之重，它直接反映了每个阶段的教学目标的达成度和教学效果。在此阶段，教师要指导学生主动对自己的学习过程进行分析和评价，如是否达成了最初设定的学习目标、在听力策略的使用方面是否合理有效、在本课学习中还存在哪些问题和不足等，为更好地进入下一阶段的学习做好准备。

这一阶段中，学生的自我评价是否准确、是否合理，直接关系到整个教学模式能否顺利实施。学生对自身学习效果评价过高，可能会养成轻浮、不深入的不良学习习惯；评价过低，则会打击学生学习的积极性。因此，教师必须要对学生的自我评价情况进行有效监控，帮助学生进行正确评价。

（三）教学实施细节及问题分析

元认知理论的应用对学生学习的自主性和教师授课中的整体把控与课后管理都提出了较高的要求。除了基本的教学计划设计外，实践中，笔者采用了以下辅助策略。

1.建立"听力日记"，辅助学习

为做好积极有效的课后管理和整体把控，笔者在教学中要求学生每天至少要进行 30 分钟的听力练习，并在完成任务后，对自己当天的学习过程进行分析和评价，包括目标的完成度、练习中遇到的问题、自己的薄弱环节以及自己的想法和改进措施等。学生将这一切以"听力日记"的形式进行呈现，教师则可借此对学生的学习情况进行实时监控。

2.激发学生的学习兴趣

语音听力训练阶段的关键在于消除学生的胆怯心理，激发学生的学习兴趣。初学者在开始接触听力时，常会因日语的语速过快，弱化、吞音、音变等语音现象而感到畏惧、紧张甚至疲惫。这时，先要尊重学生的认知发展规律，消除学生这种不安、焦虑的负面情绪，给学生营造相对轻松的学习氛围。教师要求学生选择一些自己感兴趣的内容进行听力练习，任务目标降低到能听准发音、记录自己学过的词即可，从而让学生在语音阶段轻松过渡。

3. 督促语言知识的积累

进入基础听力训练阶段，培养学生的元认知意识、调动学生的主观能动性又成为关键，其难点是对学生完成情况的监控。教师可在课前将要出现的生词、句型、知识背景、听力要点等进行归纳整理并下发给学生，要求学生根据自身的实际情况制订合理的学习计划、调整学习进度。通过随堂小考检验学生跟读练习的完成情况，直至学生养成良好的学习态度和学习习惯。

4. 指导听力策略

在学生的"听力日记"中，笔者发现诸多共性问题，如语速太快听不清、听不到全部内容就无法理解句意、单词没学过听不懂等。笔者在实际教学中引导学生，要让自己习惯听不清、听不全、听不懂，消除学生的完美主义心理。

学生要做的是能够有目的地在语流中提取自己需要的关键信息，根据语境、语音、语调、语气和上下文的逻辑关系等，对所听到的内容大意进行推测，而教师则要培养学生掌握这种策略和灵活运用这种策略的能力。

（四）教学效果评价

首先，根据教学大纲的要求及学生日常的学习情况，将课程目标设定为以下几点。

（1）培养学生较灵敏的听觉辨别能力，能识别清音、浊音、促音、拗音、长音、多音节组合等声音符号，掌握日语语音的弱化、无声化规律，理解常见的语音变化现象。

（2）培养学生在语流中识别单词、辨别同音词和同义词的能力。

（3）培养学生的听解策略能力，在情境对话中，能根据上下文的逻辑关系和思路的脉络猜出没听懂或没听清的词和词组的意思。

（4）培养学生迅速捕捉重点内容、提取关键信息的能力，理解整段会话语言表达的大意，理解内容不低于 70%。

（5）培养学生的速记和概括能力，能以较快的速度大致记录下所听的内容，能将所听的话题和内容大致复述出来。

（6）使学生在听力能力提高的基础上，逐步养成用日语思考和表达的习惯。

其次，在考试题型设计方面，充分考虑学生的整体趋向性和个体差异性，分别设有假名识别、听写单词、短对话、长对话、提取关键信息填空、原文填空、概括并回答问题以及听写句子等题型；不仅考查学生基础语音、知识的掌握情况，还进一步考查学生分析、推理、概括等综合能力的达成情况。

元认知理论指导下的日语初级听力教学模式，对于学生的认知水平，加强学生自主学习、自我管控能力的培养，提高学生听力水平和日语综合应用的能力，都有非常积极的指导意义。在教学实践中，还需要建立更加完善的课后管理和日常监督机制以及更加健全的教学效果评价体系，让元认知理论指导下的日语初级听力教学模式更加健全和完善。

第六章　日本语言文学教学策略

第一节　日语和日本文学教学策略研究

一、日语语音教学策略

（一）日语语音教学概述

语音教学是外语教学的起始。各种语言都有其特殊的语音体系，对语音的研究从属于语言学领域。而语音教学过程是教育学和心理学的研究范畴，因为在语音教学中涉及一系列生理、心理方面的问题，如言语听觉、言语视觉、言语动觉等，还涉及其他影响语音教学效果的要素。根据中国学习者语音学习的心理特点和日语语音的本质特征，以及汉日语言中语音的差异，探讨语音教学方法是语音教学研究的重要课题。

（二）日语语音教学策略

语音的教学虽然属于知识体系，但是语音教学很重要的一个内容是要让学生掌握发音部位、气流、节拍等的发音要领，重在学生体验、感受，与概念、理解的相关性不大，属于运动技能型学习。

就言语技能来说，语音学习主要涉及说、写、听三个方面的技能。所以，教学中要注重对语音的认知或知觉、在知识结构内的联系形成和语音技能自动化三个方面能力的培养，这也是运动技能学习的三个阶段。

1. 发音教学重视模仿

语音教学中的模仿又分为直接模仿和分析模仿两种。

（1）直接模仿：不需要任何解释的模仿。模仿的材料可以是教师示范，也可以是录音机或录像带、语音教学软件等。指导模仿教学时，教师可以采用以下教学方法。

①选择准确、清晰的发音模仿参照物，如录音带、唱片、录像带、发音部位指示图等。

②创设安静的听音环境，要保证将影响听的干扰因素降到最小。

③指导学生事先准备好小镜子等道具，让他们观察发音时自我的口型变化，了解模仿发音时的口型、舌位是否准确。

④在练习时借助于录音机等，录下学生朗读或默读的发音，通过复听，帮助学生了解自己的语音与标准发音的差距。

⑤在长短音发音训练时，特别是关于促音与拨音的发音节奏，可以参考学歌曲时的"击掌、打拍子"法，帮助学生体会日语的音拍节奏。

⑥寻找错误发音，即通过课堂发音提问，让学生互相找出发音错误，以提高自我对正确语音的认识、感知，增强主动辨别语音的意识。

⑦指导学生时要坚决杜绝用汉字标示日语语音的发音。

（2）分析模仿：分析模仿是将汉语中没有的、靠听难以分辨的语音，通过文字说明来介绍其发音规则，边讲解规则边模仿的教学方法，例如促音、拨音的发音规则等。

分析模仿主要从日语语音的特点和汉语与日语语音的差异出发，通过比较和分析以及对发音规则的分类记忆，提高学生发音的准确性，提高发音的自信心。指导分析模仿教学时，教师可以采用以下教学方法。

①以准确发音为目标。分析模仿的目的是准确发音，所以不必要求学生记

忆关于口型、舌位等的理论说明，只要能按照指示找准口型、舌位，控制气流声带，尝试发音，并记住发这个音时的发音器官的运动方式即可。

②提高学生练习分析模仿发音的自觉性。在课堂教学中，教师尽可能地兼顾到每个学习者的发音情况，但是也有可能照顾不到，或者学生正确发音的稳定性还没形成，一会儿正确，一会儿有误，因此教师要指导学生有自觉学习的意识，对照发音规则反复练习。

2. 识记假名教学重在认读、书写

日语假名数量多，不仅包括五十音图，还包括浊音、拨音、促音等。所以，在识记假名时，可以采取认读、书写训练等教学方法，提高学生对假名的熟悉程度，使语音教学的听、说、读、写等口语、笔语训练互相配合，互相促进，提高学生识记效果。在认读和书写练习时，教师要关注练习的技巧和形式。

（1）认读的指导。

在日语语音的认读练习中，既要对单个假名按照行、段进行训练，还要通过单词、词组和句子的认读来提高对假名的熟练程度，不断纠正错误，提高准确性。同时，还要注意选择合适的练习材料有效练习，为达到纯熟掌握语音奠定基础。

①按程序练习认读。在感觉阶段主要注重听发音和看口型；在尝试阶段要大胆模仿；在熟悉阶段把听、说、读、写的训练都融合到学习活动中；在辨别阶段要在词汇或句子中迅速认读假名，以及识别近似发音。简单地说，认读程序为"先听，再说，最后写"。

②利用教学软件练习认读。多媒体是语音教学的有效工具，目前公开出版发行的口语语音学习软件，集听、说、读、写为一体，既有听音测试，又有辨别选择性练习，可以作为教学辅助手段使用。

③互动式学习。互动式学习不仅指教师和学生间的互动，还包括学生和学生间的互动，如同桌间的互相测试、互相纠错等。

通过多种形式的互动练习，不仅可以提高学生参与学习的积极性，创造良好的学习氛围，提高学习兴趣，还可以增加学生记忆内容的短时复现次数，加深记忆。

④利用教具（如假名卡片、单词卡片、挂图等）指导学习。教师可以用纸板制作假名卡片，课堂上随意抽取卡片，组织学生快速认读，以提高学生对假名的熟练程度。

（2）书写的指导。

在语音的书写指导上，可以采取如下练习方式：抄写假名、抄写假名形式的单词或句子、分别按照"五十音图"的行和段默写假名、听写假名以及以假名形式的单词和句子。

①最初的书写练习最好是使用田字格本或大字块描红本，尽可能让学生将假名书写得规范、整洁。

②在指导假名书写时，要从笔顺入手。书写假名时，教师要提示学生记忆并练习书写笔顺，描红或者用手指比画练习皆可。

③注意区分日语假名与汉语草书汉字。

（3）朗读指导。

关于词汇或句子的练习，可以采用如下方式：朗读词汇或句子、就学习过的词汇或句子互相朗读问答、看卡片进行朗读问答训练等。

①提高速度。朗读是对假名的熟悉过程，如果朗读速度慢，思考的时间就长，因此在朗读时要有意识地督促学生提高速度，增强认读时的注意力，使神经处于高度兴奋状态，这会有效地提高熟练度。

②朗读日语绕口令。绕口令通常是由发音比较接近的假名构成的。朗读绕口令一方面可以提高对假名的熟悉程度，另一方面可以训练口腔内部运动器官对日语语音发音的熟练程度，提高语音感觉。

③把朗读训练和思维训练结合起来。通常语言的学习会影响思维能力，对

这一能力的训练可以从语音开始，即练习用日语思考，头脑中反应日语的文字或语言结构。

3.分辨语音的教学

听觉训练的目的首先是能准确地进行模仿，模仿完成后的听觉训练关键是辨别语音。辨音训练可以采用多种方式，如朗读式辨音、听写式辨音和听说式辨音等。

①辨音训练的材料要形式多样。教师可以提供男、女、老、幼的发音让学生交替辨听，使学生逐渐适应不同音强、音高和音色的发音。

②有侧重地进行辨音练习。听觉训练要参考日语长短音、清浊音、促音与平音、拨音与非拨音的语音特点，适当选取练习题目。

③辨音训练与书写训练和朗读训练相结合。听觉能力训练可以结合知觉阶段的直接模仿训练和练习阶段的书写能力训练进行。

语音的练习是在模仿基础上的训练，对比较难以掌握的语音学习还要强调分析模仿，即掌握了语言规则后再进行训练。这样一方面可以增强发音时的自信心，另一方面对于学生课后独立练习也有指导作用。特别是对具备一定的学习经验或学习策略的学习者来说，由于个人的思维和认知能力已经发展到一定程度，如果过分强调模仿的作用，反复进行非理性、机械的发音练习，会使学习积极性受到压抑，导致排斥学习。

二、词汇教学策略

（一）日语词汇教学概述

词汇是构成语言的最小独立单位，与语音、语法共同构成语言的三要素。音是词的物质外壳，形是词作为文字符号的拼写或书写形式，是音的书面形式。

关于词汇在日语教学中的地位问题，目前还有很多争论。有观点认为语言教学应该以句子为基本单位，不必孤立地教授词汇；还有观点认为，只要记住单词并懂得语法就算掌握了语言。

笔者认为，任何一种语言技能的形成都必须以一定的语言材料为基础，积累语言材料的一个重要方面就是积累词汇。因此在日语教学中，词汇教学还是占据重要地位的。如何帮助学生记忆词汇、准确理解词汇意义、把握词汇概念等，是词汇教学的关键，也是词汇教学中的难点和重点。

（二）日语词汇教学策略

1.揭示词义策略

有些日语词汇粗看上去与汉语字词的意义相同，而实际上日汉语词汇所表达意义的内涵和外延不同。

正确理解词义的最有效的方法，就是根据词汇的特点，分别采用翻译、直观释义、构词分析、同义词、反义词、上下文等手段，对词义概念的内涵、外延充分掌握，从而把握词汇的准确意义。揭示词义教学策略如下：

（1）直观释义或对译。

初级阶段日语教学适用直观释义或对译法揭示词汇意义。直观释义就是利用图片或演示事物来解释词汇意义。例如，一些寒暄语可以用图片演示或幻灯演示等制造语境，以这种鲜明、形象的方式提高学生的学习兴趣，加深印象，增强记忆。对译就是将日语词汇翻译成汉语，具体方法如下：

①触景生情。指导学生有意识地强化直观释义训练，观察身边事物，主动用日语词汇表达。

②应用限制。建议在初级入门阶段采用直观释义和对译方法，当词汇掌握到一定数量就不要浪费时间去图示解意，要逐渐过渡到用日语揭示词义。因为随着所学的词汇抽象性增强，难以用图示来表现，硬要表现也难以达到第二信号转换的形成，所以对中高级的日语教学来说，最好谨慎采用此策略。

（2）日语释义。

语言教学到一定程度，学生已经掌握一定的词汇量和语法规则后，教学中对词汇的释义要逐渐过渡到用日语去揭示词义的训练。

①工具书的运用。最初建议采用对词汇的解释比较简洁易懂的日文原版辞典，如《小学馆国语辞典》《简明国语辞典》《为外国人编写的日语辞典》等。

高级程度的日语词汇学习要使用逐渐提高难度水平和语言解释完整详细的工具书，建议采用《详解国语辞典》《新明解国语辞典》《广辞苑》等。

②对日语释义的认识。最初使用原文工具书时，通常会很慢，有的人认为耽误时间，所以就采用简单的办法——查找汉日辞典。但是，这种查阅日语词汇释义的学习对于提高阅读理解能力、日语思维习惯以及日语语感的形成都有帮助，所以一定要根据学习情况，尽量多采用日语释义策略。

③对释义内容的查找。在查找词汇时，由于不理解日语说明部分的词汇，造成误解的情况也时有发生。因此，对于解词中出现的生词也要认真查找。目前一些电子词典已经包含了词语联查（不同辞典对同一单词的注释）、追加查找（对注释中出现的生词的追加查找）等功能，方便了日语学习者的学习。

④日语释义教学开始时间。通常在学习完第一、二册书以后，对于一些名词就可以采用日语释义策略教学。学习完第三、四册书以后，对于动词、副词、接续词也要开始采用这一策略。特别是在比较同义词、近义词时更是要反复对照日语注释和例句来体会。

2. 记忆词汇

（1）意向识记。

意向识记，是指识记的效果受识记有无意向和意向状况的制约，简单地说就是做好记忆前的准备。通常有具体意向的识记效果高于笼统意向的识记，因此在记忆词汇之前要明确记忆目标，做好记忆计划。

①明确记忆目标内容乃至于具体要采用的方法。

②提高学生参与度，保持强烈的记忆欲望和对记忆内容的兴趣，有决心和信心完全记住需要记忆的词汇。

③限时记忆，增强记忆的紧迫感。课堂教学中组织学生将需要记忆的词汇划分成一个个小的目标，如第一遍记忆词汇的意义，第二遍记忆词汇的假名和当用汉字，第三遍记忆词汇的短语以及相关词组，最后提高记忆的准确率。通过积极训练，可以提高记忆效率。

④在词汇记忆时要始终保持长远记忆这个目标，不是为了应付考试或临时的任务才去记忆，这样才能记忆得更久远些。

（2）特征记忆。

特征记忆，是指通过对比、类比，指导学生感知词汇的特征所在。这是记忆词汇的第一道关口，把握不好则会印象模糊，记忆不清。

①先整体后局部，再看细节。通过词汇的特征来记忆词汇，可以摆脱机械性重复记忆不能达到长时记忆的弊端，这对记忆音节较长的词汇尤为有效。

②短语识记。教科书中讲解重点词汇通常是以例句提供语境，帮助学生理解词汇使用场合。但是例句较长，可以提供语境却不利于记忆，只会加重词汇学习的负担。

通过短语、词组学习生词，既可理解词义又可运用词汇，一举两得。例如动词的学习，考虑到作为黏着语的日语依附助词的特点，根据动词意义给出短语搭配就是较好的动态学习法。但是在选择与生词搭配，构成短语的词汇时，应注意以"典型、浅显、生动"为原则。否则，只会为词汇的学习增加难度，不利于对生词的理解记忆。

（3）材料加工记忆。

材料加工就是归类整理需要记忆的词汇，通过分组、重新组块，找出新旧词汇的内在联系或差异，加深学生对词汇的理解和记忆。

①归类组织。按照词汇的特征或类别进行整理归类的记忆策略。这种记忆策略有助于学习者将新学到的知识与旧知识相互联系，构成一个整体，形成一种结构。

按照心理学研究结果，在归类记忆时，分类水平越高，记忆效果越好。如果分成的组数和每组词汇的个数控制在短时记忆容量内的 5~9 个项目，更有利于记忆。

按照归类策略记忆的词汇，回忆时浮现率较高，而且在归类过程中，思维能力也得到训练。在词汇教学中，教师可以通过对近义词、反义词、同义词的归类，开发学生思维，增进学生对词汇的记忆和理解。

②组块记忆。为了扩大记忆内容的信息量，在日语教学到一定阶段时可以采用组块的方法，将所学知识中孤立的项目尽量连接成较大的块，组块的体积越大，能够记忆的内容越多。

根据短时记忆容量是 7±2 个组块的记忆理论，在材料的选择上要注意，按一次识记一般不要超过 7 个组块的原则去划分识记单元为最佳。

（4）感官协同记忆。

识记外语的第一步就是感觉记忆。人的感觉如视觉、听觉、触觉、嗅觉和味觉都是通过不同的通道进入短时记忆的。如果充分利用每一个通道，进行记忆，在可以有效排除干扰的同时，增强记忆方面的刺激，方便应用时的提取。

现代科学研究证明，记忆信息 85% 来自视觉，11% 来自听觉，3% 或 4% 靠触觉和嗅觉。单位时间内接收的信息量，单凭视觉是听觉的一倍，而视觉、听觉协同起来其作用是听觉的十倍多。由此可见，指导学生学习时要特别注意感官并用法。

记忆日语词汇，除了强调眼看、耳听、手写、口念、脑思等多种感官并用外，还特别强调浮想记忆，即背诵完词汇以后，合上书本，努力回忆自己记忆过的内容，在回忆过程中尽量不去翻书本，回忆活动结束后再打开书本，确认自己的回忆是否准确，有无失误或遗漏。这种回忆记忆法也是突击背诵的好方法。

对于抽象、枯燥的词汇采用联想记忆的方法，赋予其生动的意义，从语音、语义的角度对词汇展开丰富的联想，有助于学生记忆词汇。

3. 保持记忆

遗忘是记忆的天敌，记忆一结束遗忘就开始了。因此，教学必须重视对学生记忆的保持，通过复述、过渡学习、复习、回忆等方式，与遗忘做斗争。

（1）复述策略。

复述可以包括两大部分：一是对词汇读音的复述，可以通过朗读等方式进行；二是对语义的复述，主要是针对用日语释义词汇的释义部分的复述和对由新词构成的词组的复述。

复述策略的运用能力是随着年龄的增长而提高的，教师要督促学生增强主动复述意识，尽快习惯于复述的训练，在巩固记忆的同时，提高运用日语表达的水平。

①经常复述，培养复述习惯。

②通过多种方式提高复述能力。复述的方法有很多，如复述新单词构成的短语，复述新单词构成的短句，复述教师用日语对重要词汇的词义解释中的关键词或句子，用自己的话复述辞典对词汇词义的注释等。

③重点复述。不断提高复述的准确度和精确度的同时，在复述中注意抓重点、中心，逐步从机械性复述过渡到选择性的重点复述。

（2）过渡学习策略。

过渡学习就是在刚刚能背诵或回忆的基础上进一步地学习。学习内容的保持量随着过渡学习的增加而增加，但过渡学习的次数太少，保持的效果不理想，次数太多则保持量的增加幅度也不明显，白白浪费时间和精力。

研究表明，保持效果既省时又省力的最佳过渡学习率为 50%~100%。例如，记忆一组词汇需要诵读 8 遍，那么过渡学习的最佳值为 4~8 遍，总共应读

12~16 遍。指导学生坚持过渡学习，可以更加牢固地准确记忆。

（3）复习策略。

从艾宾浩斯的遗忘曲线可以知道，学习新材料后 20 分钟的遗忘率为 42%，此后遗忘速度减慢，两天以后遗忘率就没有太大的变化了。遗忘的进程是先快后慢，先多后少，因此可以采用及时复习和分散复习的策略巩固记忆。

①及时复习。及时复习是要求趁热打铁，学习后在当天复习一刻钟比一星期后复习一小时的效果更佳。记忆单词必须要及时复习，但是还要注意，"及时复习"不是"即时复习"，如下课就背诵复习。

一般来说，每天晚上睡觉前一刻钟将当天学习的重要内容回顾一下，效果会更好。

②分散复习。艾宾浩斯的遗忘曲线告诉我们，及时复习后仍会遗忘，因此还需要定时复习。有人在记忆生词时采用背外语辞典的方法，记忆一页就撕掉一页，这是不科学的，因为当时记住了并不表示永远不会忘记。

研究表明，定时复习时，分散复习优于集中复习，即一次复习两小时，不如分四次，每次复习半小时效果更好。随着复习次数的增多，复习时间的间隔应逐步拉长，每次复习的时间也可逐次缩短。

（4）回忆策略。

许多学生在记词汇时采用反复看、反复写的方式，实际上这是一种低效率的复习方式。研究表明，试图回忆是一种有效的复习方式。

①将需要记忆的词汇分成几部分，可按照组块策略，分为 7 个词汇或词组为一个组块。

②阅读几遍词汇后，就遮住日语，尝试看着汉语背诵或默写，忆不起来的地方再重新阅读记忆。

③背过几个组块后掩卷而思，尝试背诵或默写，想不起来的先看汉语词义，实在想不起来的，再看日语。如此循环往复直到记牢为止。

④一般来说，全部练习时间的 60%~80% 用来试图回忆，20%~40% 的时间用来诵读效果较好。因为回忆期间能够调动学习者自我参与意识，促进积极思维，增强学习的反馈，使注意力集中到没有记住的地方，避免了反复背诵时平均使用时间和力量这种被动学习的弊端。

三、日语语法教学策略

（一）日语语法教学概述

语法是关于语言知识的系统描写。作为语言学研究的一部分，语法学包括形态学和句法学，是与语音学、语义学并列的。

基础外语课程的语法内容，一般都是遣词造句规则、词的形态变化或构成规则、句子构造规则以及这些语法现象的语法意义和用法。语法内容的选择性略大于语音，根据课程教学目的有所取舍。例如，有的日语教科书中的语法编写以郑重体为主要体例，一些简慢的口语体在课文、语法中所占的比重较小。尽管如此，也不意味着口语体就不重要。

语法知识的学习体系多种多样，有体系性和非体系性之分，即同一范畴的语法知识集中学习和分散学习；还有模式性和非模式性之分，即是以"句式学习—例句学习"还是用语言表述规则再体会例子。不论何种学习体系对日语语法学习者都具有现实意义。

外语教学法研究中也有过语法要不要教的争论。有人主张教学中不必教语法，可以结合话语教学，通过句型模仿达到纯熟，其论据之一就是本族语的学习不是从语法学习开始的。但是，不能回避的是幼儿时期的语言学习实际是通过大量的模仿式操练习得的，并不能说明幼儿语言就是规范的语言，当成人纠正幼儿的不规范话语时，就应该视为幼儿对语法规则的学习。因此语法知识是学会的，而不是天生的。

在外语教学中，语法还是要教的，其关键还要看如何教，即如何帮助学生准确记忆、把握规则，如何利用学生固有知识和能力去讲授新语法。这也是语法教学的重点。

（二）日语语法教学策略

1. 把握语法体系

日语语法具有极其严密的两套语法体系——文语语法和口语语法，这两种体系的存在，使日语语法包含着许多其他语法所没有的语法范畴和词类。同时，词汇活用变化多样，助词、助动词意义的复杂，形式体言、形式用言抽象得难以捉摸，加之惯用型之多，敬语的存在，为日语的语法教学增加了难度，也对教学提出了更高的要求。同样的内容可以根据表达者的身份地位、表达的场合等有多种变化形式，一不留神，就会出现交际摩擦。因此，学习掌握庞大的语法体系是日语语法教学的一道难关。

2. 记忆语法规则

构成日语语法的一些惯用句型结构比较复杂，难以记忆。结构复杂一方面是指句型结构比较长，另一方面是指句型搭配，记忆句型是日语语法教学的难点之一。此外，由于日语属于黏着语系，助词、助动词的应用在语法学习中占据重要地位，所以不仅要记住每个助词和助动词，还因为助词的一词多义，也为学生的记忆、理解增添了许多困难。还有对动词、形容词等的语言活用的记忆也属于这一类。

3. 正确理解语言规则

日语中存在两种性质截然不同的同类：一种以表示客观事物为主，另一种以表示主观意志为主。

以表示主观意志为主的助词和助动词撑起了口语语言的骨架。因为在日语中，表示句子成分之间的逻辑关系，增添某种语法意义，表示前后成分的接续关系或是表示说话人的语气，句子的态、体、时等语法范畴，几乎都要靠助词和助动词来表示。

因此，按照日语语言教学的特点，我们将这一部分具有语法功能的词汇归类于语法。近些年来，日语语言学界对"日语语法教学主要是语法功能词的教学"的认识也达成共识，学生对日语语法功能词的掌握是近年日语能力检测的重要内容。

常见的口语功能词中一般包括句型、助词、助动词、文言助词、助动词的残余用法、起助词和助动词作用的复合成分（由两个或两个以上的词或词素构成、相对固定的复合形式）。

一般来说，口语的语法功能词可以从广义和狭义上来认识。

广义的语法功能词指所有具有语法功能的词，包括如助词、助动词、接续词、语法性接尾词、起助词和助动词作用的复合成分等。狭义的语法功能词一般只指起助词和助动词作用的复合成分。日语语法结构的特殊性，为我们准确掌握和理解语法带来了困难。

语法的概念理解错误是导致语法误用的关键。可是，我们习惯以汉语的意义去理解口语语法，由此导致对口语语法意义分辨不清的情况时有发生。

语言规则教学的目标就是能够熟练应用语法，如何能够让学生把已经理解和掌握的语法、句型自如地运用到会话、写作等语言实践中，也是语法教学的关键。

不过，如果在教学中偏重书面练习，通过完成习题来达到对语法规则的熟练，在口语应用时就容易出现影响交际的语法错误，或者交际过程中出现语言迟缓、表述不流畅等问题。因此，帮助学生熟练应用语法规则也是教学的一个重要内容。

第二节　日语和日本文学技能教学策略研究

一、听力教学策略

（一）言语听解教学概述

听是外语学习的四项基本技能之一，是外语教学的目的，也是学习者获得口语知识和技能的源泉和手段。从传递信息的角度而言，听是吸收的过程，属于言语理解的技能。

听还是一个被动的过程，尽管听的过程也包含主观分析等主动因素，但是却无法摆脱其被动地位，因为别人讲什么由别人决定，不以听话人的意志为转移。

从语言的表现形式来看，听的过程则是隐蔽的，是否听懂往往不是立即能发现的。因此，听解也是一种复杂、紧张、富有创造性的智力活动，它要求听者在听的过程中积极地进行感知、记忆、分析、归纳、综合等思维活动。因此，听力训练又是一种智力活动。

听与阅读一样，都属于领会式言语活动，有感知和理解的过程，其效率也包括理解程度和理解速度两个要素。

外语学习中的听觉技巧主要是指推测能力和预测能力，这些能力的提高通常以阅读理解能力为基础。由于听和读所凭借的感觉器官不同，所以听觉理解能力虽然以阅读理解能力为基础，但是仍需要进行专门的训练，因此这是听力能力培养目标之一。

根据听的心理特点，我们把听的能力概括为迅速捕捉和存储信息的能力、辨别各种语音的能力、适应口语语速的能力、长时间的听解能力、综合和概括的能力、判断能力等。

（二）日语听力教学要点

1. "听音会意"能力的培养

要学会听，先要学会听音、辨音。日语语音知识教学策略中介绍了日语语音的构成特点。例如，由于汉语中没有长音和短音的区别，对于日语长短音的听解就成为口语听解的一个困难所在。正是由于音位、音调、音长和音拍等的不同而产生的日语语音特征的存在，准确感知语音是正确理解所听到的话语内容的一个关键。

通常听力学习所说的听力不是指听音、辨音能力，而是指听音会意能力或听觉能力。培养听音辨音能力主要是语音教学的任务，对听力教学来说，它只是伴随性的任务。"听音会意"就是将语音与词及语法形式迅速建立起联系，从而感知、辨别和理解词句的意义。这是听力能力培养的首要目的，也是听解教学的难点之一。

2. 快速准确存储信息能力的培养

在运用母语会话时，即使听到很长的内容也能够复述出大概的内容，这是在"听"时短时记忆在发挥作用。而用外语交际时，由于对听到的词汇或语法现象以及语言交际情境的陌生，以及由于对使用日语进行交际活动本身的不习惯而导致记忆能力低下，不能迅速准确地记住所听到的内容，出现听了后句忘了前句的情况，不能把所听到的内容之间建立起联系，使每一个句子都成为孤立的语言符号，这就会影响听解效果。这也是提高听解能力必须逾越的障碍。

3. 长时间听解能力的培养

无论是听母语还是听外语，当专注于听解一个话题时，有时会因为过度紧张而产生听解疲劳，短时间内大脑运行停滞，产生听解空白。听外语时，这种空白发生的频率会更高，这是源于外语思维方式的变化，语言信息的传递和生成在头脑中还没有建立畅通的路。

日语教学需要帮助学生尽快建立起这个信息输入和产出的网络。通过训练，让学生逐渐适应用日语听解的思维方式，逐步延缓或减少由于紧张、陌生而产生的疲劳，把听日语和听母语的感觉趋向等同。因此，提高学生长时间听解能力也是听力教学的任务之一。

4. 调整思维方式的培养

因为日语与汉语的语序不同，在听解时需要将思维调整到日语表达方式中。这种思维的调整是听话人的隐性行为，由于思维习惯是逐步调整的，开始时是汉语方式与日语方式的交替，必须经过一段时间的训练，才能逐步过渡到完全的外语方式。所以如何尽快过渡到以日语思维方式来听解，减少母语对听解内容的干扰，是日语听解教学的一个关键。

5. 准确取舍所听内容主旨的培养

听解的目标之一是在听的过程中不断对所听内容进行归纳、判断和推理，这一思维活动的前提就是要准确把握话题中心。在用外语思考时会带来智力下降的情况，这种智力下降表现在听解方面就是对于简单的逻辑性内容的推理、判断力降低，无法预测话题的发展趋势，不能迅速调整思路，跟不上说话人的思维变换，不能抓住话题宗旨，更不能及时对所听到的内容进行分析、思考，提出自己的看法，使自己真正参与到话题中。

只有做到思维正常运行，才能称为听解，否则只是倾听而已。所以，把握话题宗旨也是听解教学的要点。

6. 适应各种语速能力的培养

跟不上所听话语的语速往往是听音会意的主要困难。由于每个人的发音习惯和语速不同，适应不同说话人的语音和语速，也是日语听解能力培养的要点。

（三）日语听解能力培养策略

1. 一次性听解策略

听的瞬间性特点决定听的活动中，很难做到一边接收新信息一边回顾、理解刚刚接收的信息，因此要求听者需要具备迅速捕捉和存储信息的能力。适应听这种瞬间性、一次性言语活动的特点，可以通过下列听力训练达到提高听解能力的教学目标。

（1）中间不停顿听解训练。

用学过的语言材料进行听力训练时，要坚持让学生进行快速综合地理解所听内容，即使在听的过程中遇到听不懂的地方，也不要停顿或反复听。因为停顿或反复听违背听的真实性，一旦养成反复听的习惯，就会容易把对听的注意力集中到词或语言规则上，很难关注内容逻辑，也会妨碍听的过程中全面理解语言材料能力的形成。

（2）选编好的听力训练材料。

所选听的语言材料中新的语言现象尽量少一些，即使有也要能通过联想、借助上下文猜测出其含义。这类语言材料可以是熟悉的也可以是陌生的。

不适合听者听力水平的语言材料对听的训练来说可以达到"练耳"的目的，但是对于听解能力的培养意义不大。此外，过难的语言材料会妨碍听者快速综合地理解听的内容，不利于听解能力的培养。

2. 听音会意策略

听音会意，是指准确辨音，正确理解话语含义。由于讲话者的出身以及身份、地位不同，男、女、老、幼的音色不同，不同的人由于音质不同而导致的发音不同等，直接影响到听话人对语音的分辨，影响听解的效果，所以需要具备分辨各种语音的能力，即能够分辨不同地区、不同性别、不同年龄层次的人的日语发音的能力。

辨音能力培养主要在语音教学阶段。为提高辨音能力，需要通过各种语音的辨别训练，以克服由于发音的差别给听音带来的困难。听音的主要目的还是要会意，不仅是理解说话人直接表达的话语内容，对省略的、隐含的话语内容也要准确把握，这就需要有扎实的日语知识功底和日本文化基础。

语言知识和语言文化是听音会意的基础，但是对于已经掌握的语言知识和语言文化知识，也不是马上就能听得懂、理解得准确，还是需要通过应用性训练才能达到纯熟。听音会意的能力可以通过扩大听音范围、精听与泛听相结合等方式进行训练。

二、日语会话教学策略

（一）日语会话教学概述

会话也是外语学习的四项基本技能之一，通常被称为"会话是一种积极的言语活动，是不经分析和翻译，迅速地用外语表达思想的一种技能"。它不是简单地重复已经学习过的语言材料，而是创造性地组织已经学过的语言材料表达自己思想的一种方式。

会话能力是一种复用式言语能力，要求说话人不仅要以语言能力为基础，还要以领会式言语能力为基础。与听解能力中包含快速理解能力要素一样，会话也需要具备快速表达自己思想的能力。

说话的效率包括构思和表达两大要素。学会用日语说话，特别是要提高口语会话能力，必须以阅读和听解能力为基础，要从阅读和听解中吸收"养料"。

从信息传递角度来看，"说"是主动的过程，"说"的过程是外显的，说些什么，说得好坏，对方很清楚，不难评价。从语言表现形式来看，"说"是表达、输出的过程。通常认为，在言语交际中听与说在口语中紧密联系，不可分割。"听"是"说"的基础，能听懂才能说出。

"说"的技能对"听"的技能的提高也具有很大的帮助，能流利说出的内容一定是能听懂的。听与说的技能都是一种运动——感知技能。从语言的交际功能考虑，口语还是一种交际技能。"听"与"说"的教学必须发展这些技能。

"说"的这种言语活动能力可以从两个方面获得：一是言语习得，二是语言的学习。言语习得实际上也是一种学习，但是一种无意识的学习。习得语言就是不经过听课而学会语言，即在自然的语言交际情景中通过使用语言发展语言能力。

言语习得的结果，是获得一般不通过记忆语言规则却能判断正确与否的感觉，这就是语感。语言学习是理解知识、自觉了解语法知识，是一种自觉的活动。语言习得有助于培养说外语的能力，语言学习有助于培养监控能力。

通过语言习得启动外语句子，通过语言学习能够得到在思考后进行校正和改错的能力。因为在自然的讲话过程中，说话人没有时间对所说话语的正确性、语法规则进行检查，而是更关注所讲的内容。另外，过多的口语监控会产生停顿、犹豫和话语的不连贯。因此，语言的习得对外语能力中"说"的能力的形成至关重要。

过去我们的外语教学重视语言学习超过重视语言习得，现代学习心理的发展为外语"说"的能力形成提供了理论依据。但是在重视语言习得的同时，也不能完全抹杀语言学习对"说"的能力形成所起的作用，既要重视语言的习得又要重视语言的学习。

根据会话的心理特点，我们把会话能力概括为：自如地、创造性地运用已经学习过的语言材料表达思想的能力，注意力集中在会话的内容上而不是语言的表达形式的能力上，具备敏捷的思考和快速运用语言的能力，会话过程中的口语思维能力（或排除翻译的能力），应对无主题对白的语言交际能力，等等。

（二）日语会话教学要点

1. 自信地开口说日语

很多日语学习者都因为担心发音、语流语调不好，担心说错话被人笑话等而羞于开口，导致会写不会说、会看不会说的情况时有发生。因此，提高学生开口说日语的自信，是会话教学首先要解决的问题。

2. 排除母语翻译

许多学习者用日语表达时都是先把要说的话在头脑中用母语考虑一遍，然后再译成日语，造成语言表达不流畅，会话时语速很慢，有时还会使用一些不符合日语表达习惯的语句，出现"汉语式日语"的表达错误，导致交际困难。

3. 提高语速和表达流畅度

语速慢、表达不流畅的原因之一是会话时多用母语思维，用日语表达时依赖翻译；另一个原因是平时在朗读或听音训练中缺乏提高语速的练习，口腔等发音器官的肌肉运动不协调。此外，在练习用日语思维时开始也会出现语速慢、表达内容的逻辑性不强、表达不流畅的情况。

在讨论特别是应对无主题谈话时，思维转换缓慢，不能自如切换谈话的话题，出现思维断档空白，与话题相关的词汇等不能迅速回忆起来，造成交际困难。

4. 既关注语言表达形式，又重视表达的内容

在会话过程中，因为过于重视词汇、语法或语音语调等语言的表达形式，而忽视想要表达内容的逻辑性，导致语言的逻辑、语句与语句之间的内在联系欠缺，所说的语句都是孤立的句子，听起来生硬，难以让听话人把握话题宗旨。

5. 在有声状态下表达时提高思维能力

有研究表明，随着默读习惯的形成，出声说话往往会影响人的思维能力。成年人与儿童的不同之处就是大多已经形成默读的习惯，默读时能够进行判断、

推理等思维活动，出声说话时思维能力就下降。而会话需要有声状态下的思维，所以恢复有声状态下的思维能力也是成年人学习外语的一个难题。

（三）日语会话中思维能力的培养策略

提高日语的表达能力首先要以丰富和熟练的语言知识为基础，并辅助以交际中能起辅助作用的非语言手段，达到交际目的。

日语思维简单地说就是用日语思考。思维的形式包括概念、判断、推理等，思维的过程有比较、分析、综合等。将思维的内容用语言表达出来有两种形式：一是日语表达——会话，二是笔语表达——写作。

日语教学关于学生思维能力的培养从初级教学阶段就应该有计划地训练。初级阶段学习者所掌握的词汇、语法以及语言表达方式等语言材料数量有限，学习者难以形成完整的日语思维，通常还是以翻译的形式训练用日语表达的技能。

1. 背说训练

将背诵下来的文章再进行背说练习，对日语思维训练很有意义。因为背诵时，学习者的记忆表象或多或少地还停留在诸如教科书中本段文字的位置、文字的形状等方面，到了背说阶段，说话人的注意力将会完全集中到要表述的内容的逻辑关系上。

（1）背说不仅是背诵的高度熟练，还是说话者用自我语言表达原作思想的过程，因此注意体会文章原作者的感受、感情。

（2）背诵与背说都要求说话人要重视文章所表达的中心思想、主要观点。

（3）背说时要尽量保持语句的连贯性，不做不必要的停顿。

（4）背说时杜绝"先用汉语想语意，再用日语想表达"的思维方式，要直接用原文的语句来思考和表达。当回忆不起来时，可以参考提纲、关键词、图示等。若还是不能回忆起来，可以翻看原文。

2. 看图说话

表达的困难一个是语言材料，另一个就是构思，没有内容的表达是难以训练思维的。所以，通过看图说话来练习日语思维是一个好方法。

（1）事先准备。初级阶段的看图说话，由于学习者的语言材料较为贫乏，可以事先查找一些相关的词汇。例如，介绍教室，就要准备"教室、学生、书桌、椅子、黑板、门、窗、地图、粉笔、电灯、墙壁"等物体名词，还需要准备"左右、上下、前后、旁边、邻近"等位置名词，最后还要准备表示有无、存在、与否的句型。

（2）反复练习。对于一个图画的表述，可能每一次在语言顺序、中心语、表达的重点上都有差异。例如，初次的会话是以黑板为中心位置表达，门、窗、地图等都在黑板的左边或右边；第二次是以桌椅为中心位置；第三次是以教室或学生为中心位置。这样，每次相同或不同的表达训练，既提高了对词汇与语法的熟练程度，又有利于口语思维习惯的形成。

3. 仿说训练

边看日语录像或边听日语录音边仿说，有利于提高说话人的语言听解能力、记忆能力和日语思维能力。

（1）跟上思路重于跟上发音。在仿说时说话人不仅需要重复音节，更重要的是要跟上录音或录像中说话人的思路。语言从听到说的传递过程与从思维到会话的过程相比，有传递速度上的差异。可能个别词句的仿说不完整，只要不影响仿说者跟上说话者的思路，仿说就可以持续下去，可以认为是有效的仿说。

（2）逐渐提高仿说的完整度。仿说是在"听"的基础上的"说"，因此与"听"的能力密切相关。只有不断地提高"听"的能力，仿说的水平才会不断提高。

开始训练仿说时可以采取边看文章边听、边仿说的方式练习，以后逐步过渡到参考提纲、参考提示词、只听音仿说。通过训练，仿说的完整性会逐步提高。

（3）仿说要模仿示范读的态度、表情等。仿说训练的另一个作用是在跟随说话人思路的同时，能训练日语语感。通过对录音或录像中说话人的语气、语音、语调的模仿，甚至通过录像画面观察、体会说话人的态度、表情以及肢体语言，来感受日语语言中的省略、寓意等，从而形成对日语的感性认识，达到训练语感的目的。

4.复述或转述训练

复述或转述通常是指对已经读过或学习过的文章，按照提纲、问题、关键词、人称、人物关系等进行口语复述。因为对于要表述的内容从逻辑到语言点说话人已经做好准备，只是再用日语表达出来。这样的练习，学习者通常会考虑到用日语如何组织语言或表达方式是什么等，注意力就会从翻译过渡到直接用日语思考，因此复述也是训练日语思维的一个好方法。

（1）精练语言。精练复述的语言，以减少日语思维时语言材料选择的困难。尽量用文章中的中心词或中心语句来复述，减少思维过程中语言的障碍。

（2）提高语速。要注意提高复述的速度，以训练思维的敏捷性。提高语速的练习也可以通过朗读训练来进行。

（3）厘清逻辑。厘清要复述的内容之间的逻辑关系、层次，以训练思维的条理性。

（4）按照提纲复述或转述，可以将文章分成若干段，逐段拟出小标题，参考教师的复述或转述示范，然后进行转述或复述的模仿。

（5）按关键词复述或转述。将关键词写下，然后将关键词组织成一段话进行转述或复述。

（6）改换人称复述或转述。采用改变课文或文章中的人称，如把第一人称转成第三人称，或者把直接引语转成间接引语、把间接引语转成直接引语等方式，掌握用不同的人物关系叙述事件经过或情节的能力。

三、日语阅读教学策略

（一）日语阅读教学概述

针对中国学生和欧美学生的阅读教学指导策略有很大差异。这是由于日语中的当用汉字为中国学习者提供了便捷，对识记汉字的中国学习者来说，即使不能读出日语当用汉字的发音，也能推测出其大概含义。但是，同样由于日语假名词汇的存在，有时虽然能读出一些词汇的语音，却不能理解语义。因此，中国学生在阅读日语时，在文字的音、形、义方面有相互脱节的现象。培养日语阅读能力实际上是要在语言的音、形、义之间建立起有机的联系，由视觉辨认声音符号，使声音符号和它的含义联系起来，进而直接理解文字的内容，以形成阅读的基本能力。

阅读既是已有外语知识的应用，也是新的外语知识和言语材料的吸收和积累。与其相比较，其他的言语技能如说和写，某种程度上也包括听，却是一种知识输出。因此，阅读能力的特点有别于其他言语技能。

1.阅读是一种无声的交际活动

首先，阅读是书面交际。阅读所接触的是以文字符号为外部表现形式的语言，是凭借视觉器官接受信息。

其次，阅读是单向交际。作者通过文字符号、标点、重点符号、大小写、不同的印刷体等非语言手段向读者传递信息，阅读时有疑问不能当场询问，理解是否准确也无法当场验证。

阅读也是读者与作者之间进行的交际活动。因为通过阅读，读者能够感受、理解作者的意图、思想。这种感知和理解不是简单地接受信息，而是读者把自己的经验、感受等融合到所读的语言材料中，这样才能引起共鸣。因此，阅读也是一种读者的创造性活动。

2. 阅读是读者积极主动的思维过程

阅读时首先要对假名、词汇、句子结构等加以识别，并以此为依据，跟踪作者的思想，以便把握所阅读的语言材料的内容。

阅读过程中没有表情、手势、语境的提示，只能靠文字符号描述语境，所以需要读者边思维、边理解、边识别，脱离开读者的分析、综合、判断和推理等思维活动，阅读就不可能实现。因此，阅读是一种思维的活动。

从阅读的心理过程来看，阅读不是为了感知语言符号，而是为了理解所读的语言材料，这是阅读的最终目的。

根据阅读理解的心理过程是以分析为主还是以综合为主的不同，可以将阅读划分为分析性阅读和综合性阅读。分析性阅读伴有对材料的全面分析，必要时还使用翻译，从而推理地、间接地理解文字材料，这种阅读对初级阶段的日语学习有重要意义。

综合性阅读是一种不要求翻译直接理解的阅读，是阅读能力培养的主要目标。分析性阅读是综合性阅读的基础，在综合性阅读过程中也包含着如查阅辞典、对难懂语句的翻译等的分析行为。因此，两者是互相联系，不可分割的。

阅读按照目的分类，可以分为略读、速读、精读和评读。略读是为了获取某一事实的信息的一种粗略的阅读；速读的目的是了解文章的大意；精读是为了全面精确地理解一篇文章而进行的；评读则是为了读后要对文章加以评价，以确定文章里的观点与读者有何不同。

在日语学习中，通常是采用朗读、默读、精读和泛读等方式培养阅读能力，略读和速读很少被纳入阅读学习任务中，但是它在阅读能力中占据着重要的地位。

外语教学法的各个流派对于阅读能力的认识和理解存在分歧。语法翻译法派认为，阅读就是对句子进行语法分析的过程，只要逐句把语法分析清楚了，就算掌握了阅读能力。直接法认为，阅读能力是日语能力的自然发展，无须特意去培养，只要多读就可以自然形成。日语法认为阅读能力是一种语言能力，只要掌握了基本语法规则和足够的词汇就可以说是具备了阅读能力。上述认识都不够全面。

阅读是读者通过视觉感知、识别、理解语言材料的推理过程，是学习者从书面材料中获取知识的一种能力，是学习各种技能、本领的重要手段。培养学生日语（作为外语）独立阅读的能力是日语教学的目的之一。

阅读能力即是感知、识别和理解语言材料的能力。具体来说，它包括辨认词、词组、句子结构的能力，把握段落中心思想和作者思想发展趋势的能力，弄清句、段之间的关系和诸如指示代词的实际内容等方面的能力，对文章整体的综合理解的能力等。

（二）日语阅读能力培养策略

1. 四环节阅读策略

四环节阅读策略就是通过由点到面的综合概括，逐步缩小记忆范围，利用较短的时间掌握全部阅读内容的阅读方法。它比较适合学习新的知识，特别是适合需要记忆的学习材料的阅读。四环节阅读策略包括精读材料、编写提纲、尝试背诵和有效强化四个步骤。

（1）精读材料

精读材料就是对所要学习的内容，抓中心，细心阅读，根据材料的不同类型、不同分量，掌握其要点、重点和难点，理解知识间的必然联系，在大脑中形成一个知识的网络。

①重视日语中的接续词、指示代词的应用，以准确把握日语句与句、语段与语段、上下文之间的关系。

②对陌生词汇、语法现象等要通过查找资料弄清楚，以免误解语义。

③对学生不熟悉领域的文章，事先布置阅读相关的母语资料，以帮助阅读

理解的顺利实现。

④应用画线策略、提取中心词策略等，找出文章中的核心词、语句，从而在把握文章中心意义的前提下通篇阅读。

（2）编写提纲

编写提纲，即在理解所学内容的基础上细致地进行筛选、概括、总结、组织，然后根据材料的性质，用自己的语言，简明扼要地编写提纲，如每篇划分为几个部分，每个部分划分为几个段落，每一段概括为一句话等，从而使文章核心清晰直观地展现出来。

编写提纲是提高阅读者智力活动的积极有效的方法。层次分明、逻辑性强的提纲便于记忆和保存，有利于再现材料的"意义依据"。

在对日语文章进行编写提纲时，可以采用"六个 W"提问策略，即 When（何时）、Where（何地）、What（什么）、Who（谁）、Why（为什么）、How（如何），同时注意：

①找出各种有关时间的数字信息。

②所读材料的主要内容是什么，选择某个疑问的正确回答。

③作者想要说明的问题是什么，概括主人公从事某种活动的主要理由。

④了解作者的态度并确定自己是否同意作者的观点。

⑤对某事件做出归纳和解释。

日语文章中材料的标题，或者每段的第一句和最后一句很重要，关注这部分内容，有助于抓住文章大意。阅读能力提高中的编写提纲的技巧与写作能力提高中的提纲编写技巧有异曲同工之妙，可以互为借鉴。

（3）尝试背诵

尝试背诵就是对所写的提纲，按照顺序反复试着回忆，遇到不会和不清楚的地方再翻书本对照，进行反馈，然后针对薄弱环节进行二次反馈。这一过程是对阅读材料进行内化的过程。

阅读理解阶段的背诵不同于全文记忆，关键是要抓住文章的脉络、主题。这有利于对全篇文章的理解。特别是阅读长篇小说或科普文章时，对提纲的记忆，能够让读者长时间地保存对文章的记忆。

（4）有效强化

有效强化就是用最短的语言，抓住概念的内涵、实质和阅读材料的核心内容，再对提纲进行压缩，使之成为简纲，即把每一句压缩为几个关键的字。然后针对简纲进行强化回忆，以求在头脑中留下长久的印象。

2. 提高阅读速度策略

人们在阅读速度上存在很大的差异，特别是外语的阅读速度，直接受读者对所读语言材料在语言学、文章内容等方面熟练程度的制约，快慢之分显著。

但是需要明确的是，阅读的根本目的是理解，阅读速度应该是理解的速度，理解是最重要的，一味地加快速度而不理解是没有意义的。提高阅读速度就是提高理解速度，因此提高阅读速度首先要找出阅读速度慢的原因。

通常造成阅读速度慢的原因有：

（1）阅读时不专心，如阅读的同时听别人讲话或听广播、音乐等。

（2）掌握的日语词汇量不够。

（3）不会根据不同的材料和自己的阅读目的来调整阅读速度。

（4）已经养成慢吞吞阅读的习惯，思维不能很好地紧张起来、活跃起来。

（5）阅读时总是不知不觉地读出声音来。

（6）在提高后阅读速度的训练中过分依赖加快眼球运动，以达到提速的目的。

从上述分析中可知，语言基础、文章背景等因素导致的阅读速度慢，可以通过事先查找资料等方式进行精读训练；而由阅读习惯等导致的影响阅读速度的问题，必须采取相应的措施加以克服。

（1）定时训练

有必要每天都安排一定时间来阅读。至少要持续进行三四个星期，每天阅读 20~30 分钟，最好找一段不被干扰的时间，如清早起床后或晚上睡觉前。

（2）视读习惯

因为在阅读过程中，默读的速度高于低诵和诵读。要提高阅读速度，必须养成默读的习惯，使视觉与听觉、动觉联系，感知与识别、迅速推测协同作用，以提高阅读速度。通常外语教学提倡高声诵读，以提高声音对大脑皮层的刺激。这与默读似乎是矛盾的，但是经过训练，诵读与默读的能力都能具备。

（3）视幅训练

初学外语者一般视幅不宽，阅读时视线往往逐词停留。而心理学实验表明，一般人的视距达 4~6 厘米，即覆盖 20 个左右的假名或汉字，阅读 4~6 个单词。因此，一般人的阅读速度每分钟为 250~300 词。但是初学者的阅读速度每分钟只有 50~60 个词，因此通过扩大视幅来提高阅读速度，很有潜力。

（4）阅读单位

初学者往往逐词阅读，逐词理解，从捕捉信息的角度来说很浪费时间。因为每个词都传递信息，也并非每个词都单独传递信息，所以为了提高阅读速度，必须逐步扩大阅读单位，从词的单位逐步扩大到以语义、意群、句子为单位。

（5）关键词句

缺乏阅读技巧的阅读者，容易在每个阅读单位上平均使用注意力，平均使用时间。而事实上每个阅读单位的信息负荷量并不相等，交际作用并不相同。以词汇来说，有的词汇只是一种结构符号，而有的词汇信息负荷量大，是句意最集中的地方，是全句的关键词。

以意群来说，日语的谓语放在句子的末尾，其交际作用大于主语，因为主语传递已知信息，谓语传递未知信息。以句、段来说，交际作用也有差别。因此，把注意力集中在关键词句，或者说信息负荷量集中、交际作用大的词句上，能明显提高阅读速度。

3.阅读理解能力提高策略

分析性阅读与综合性阅读都需要充分理解语言材料。影响综合性阅读能力形成的因素有很多，如读者的智力水平、生理条件、兴趣和性格、社会经济文化背景、日语语言的基础等。在阅读过程中，读者的主观努力固然是决定阅读效果的主要因素，但是通过有效的阅读训练，可以挖掘潜力，有步骤、有程序地培养适合自己的阅读习惯，以提高阅读能力。

（1）精选阅读材料

精选阅读材料，是指对学习者来说供综合性阅读使用的材料，应该是比较容易理解和接受的，否则就需要经过翻译语句来理解文章的意义，失去训练日语思维的机会。

如果阅读材料中生词过多，难免不停地查字典；句子结构过分复杂，每句都要反复推敲，也会使读者失去阅读的兴趣。因此，综合性阅读的材料要以熟悉的词汇和语法结构为基础，即使是有少量的生词也应该是可以推测其意义的。

（2）阅读准备

读一本书要从序、目录读起。许多学习者是拿起一本书就读，不分章节或顺序，或者只看每一章的内容，导致对书或文章的理解是一个个知识的碎片，没有形成知识结构或框架。

一本书或一篇文章的序言是作者就写作特点、写作背景、写作目的等的归纳，如果是他人作序，还包括他人对本作品的认识和评价，这都是我们有效理解文章的有价值的参考内容。

目录是作品的框架结构，尤其是科学性、理论性强的作品，我们可以通过阅读目录来掌握作品的理论框架，使以后的阅读就不再是读一个个知识的碎片，而是建立起框架清晰、内容丰满的知识体系。

阅读准备还包括对所阅读作品的历史背景、作家、作品分析等内容的资料查找和阅读。这会为我们有效理解作品提供帮助。

（3）提高阅读兴趣

学习者对所阅读的材料感兴趣是提高阅读理解水平的钥匙。通过选择阅读材料、明确阅读目的和任务、规定阅读时间等各种阅读学习的监控，达到乐于阅读，从被动读到主动读，提高阅读的积极性。

（4）多种形式的阅读

阅读过程中通常以默读为主。默读是理解语言材料的最有效的方法，其成效超过朗读。但是默读时间的长短要有效监控，时间过长，有些学生的自制力不够，就会在阅读过程中停顿或注意力分散。因此，可以通过预先设问、读后回答或发表阅读感受、小组讨论等方式，将阅读目标具体化，设计一个明确的阅读目的。或者将一篇较长的文章分成几个部分，大部分要求默读，小部分要求诵读，通过阅读形式的变化提高阅读兴趣。

（5）工具书的使用

工具书的使用要依据阅读的目的和阅读内容来确定。通常在精读作品时多用工具书，泛读时较少使用。如果泛读中出现了与文章宗旨和主题密切相关的生词或语法项目，再查找工具书。反之，对于可以通过文章的脉络猜测得出大概意义的词汇就不必逐一查找，以免影响对文章的整体理解和日语思维的训练。

通常工具书是指辞典。当日语学习到一定程度，就要开始有计划地学习使用日语原文工具书。这一方面可以使我们提高日语词汇的使用频率，提高阅读理解能力；另一方面也有助于我们准确理解日语词汇概念。

工具书的选择也要有一个由浅入深的过程。有条件的学习者开始可以选择各种版本的日汉或汉日辞典，然后使用原版的《小学馆国语辞典》等，随着语言学习程度的提高，可以选用《新明解国语辞典》《广辞苑》等原版工具书。在使用原版工具书时，对于日语注释部分出现的生词等可以参考汉日对译辞典的注释理解。

目前面向日语学习者的电子辞书更新换代比较快，一些专业电子辞书中不仅包含日语、汉语、英语辞典内容，甚至还包括日语能力 1 级、2 级考试辅导练习题，辞典配置标准日语读音，功能近似于一个学习机。由于电子词典体积小、容量大、功能齐备，学习者使用时操作便捷，教学指导上一方面鼓励学生充分利用，以帮助学习；另一方面还要避免过度依赖电子词典，以免语言积累中的主动记忆意愿降低，记忆效果受影响。

（6）教师激励和学生自我激励

阅读是个有趣的活动，但是带着学习任务的阅读有时会给学生带来压力，使其感觉阅读困难，甚至失去阅读兴趣和信心。此时教师对阅读任务的有意义设计、教师给予学生的鼓励和表扬、学生的自我肯定，都可以增进学生学习的自信，从而激发继续努力战胜困难的勇气。

四、日语写作教学策略

（一）日语写作教学概述

写作是借助文字符号传递信息的言语活动或言语交际形式，是一种言语输出过程，也是一种连续的运动技能。按照写作的内容形式，可以把写作分为"句写作"与"文章写作"。

1. 句写作

句写作也称造句。造句是言语产生的基本能力，是言语表达技能的一部分。造句不同于表达思想，可以不考虑社会语境等许多因素，只要按照语法要求组织词汇和短语等语言材料即可。因此，书面造句还只是一种语言练习，以培养言语技能为目的。

造句也有不同的层次划分，如初级阶段常用的替换性造句等，中高级的自由造句（对于一个单词或句法结构进行的）、回答问题、汉译日等。我们所说的"句写作"侧重在自由造句方面。

口头造句与书面造句是截然不同的。口头造句主要依靠发音器官来实现输出功能，造句的效果部分地取决于发音的质量，受时间限制，要求快速完成，无法使用工具书，语法词汇的使用一般较为简单，无暇修改和校正。书面造句主要依靠手的书写来实现输出功能。

书写在造句中有一定地位，有较长时间考虑，能使用工具书，语法词汇的使用相应地较为复杂，不受时间限制（如课外作业），即使限时完成（如课内作业）也比较从容，完成后有检查、修改和思考的时间。此外，从句子内容的优劣主要取决于言语表达中最为重要的"语言结构能力"角度看，口语、笔语的训练是一致的，但是笔语在选词、语法结构等方面的质量要求更高一些。而且在语言体裁和风格上，口语的会话语和书面语之间的差异也很大。

2. 文章写作

文章写作也是写作的重要形式。文章写作是一个自觉的过程，必须通过自觉学习来掌握这一技能。

（1）文章写作是借助语言符号表达思想，不可能借助面部表情、手势、身体动作等语言辅助表达手段，只能依靠文字和标点符号来表达思想，因此不会有即时的反馈。文章写作可以反复考虑和修改。反复考虑就可以慎重措辞，反复修改就可以表达完整、表述清晰、减少错误。写作课程是以培养笔语能力为目标设置的。

（2）写作能力有时体现为写文章的高级表现形式，有时也体现为用笔语回答问题的低级表现形式。由于口语语言有口语体和文章体之分，口语体通常用于口语会话，所以与"听"和"说"的关系更密切。文章体主要用于笔语交流，因此，与"读"和"写"的关系更为紧密。口语体和文章体几乎是两套词汇与语法体系，因此与其他的外语技能相比，写作能力的培养就更有意义。

提高日语写作能力要依靠日语语言结构能力和阅读能力的培养，同时也依靠听、说能力的培养，写作能力培养的目的就是把各种学习中获得的语言知识综合地运用到书面交际中去。

（3）写作能力的高低主要表现在构思能力和表达能力上。通过写作课或作文课对不同题材和体裁的内容（如信件、报告、日记以及实用公文等）进行的写作训练，也包括句子水平的书面练习，是培养写作能力中构思能力和表达能力的主要方式。

在日语学习中，造句、汉译日、编写课文提纲等都可以看成写作。这些写作活动是日语教学中的重要操练形式或教学方法，也是为培养写作能力做准备的具体训练。

（4）写作既是日语课程教学的目标之一，也是日语各阶段教学的目的和要求。写作训练也是外语思维训练、掌握外语语言结构的训练手段。通过书写日语文章或短句，学生可以获得日语笔语表达能力。

写作能力即书面造句能力、搜集素材能力、书面语言的运用能力、捕捉灵感能力、构思能力、组织和形成思想的能力等。

（二）日语写作教学要点

1.扎实的语言知识

为表达各种思想内容，必须具备相应的语言基础知识和表达技巧。语言手段越丰富，能够表达的思想内容就越多。

要具备写作能力首先就要扩大语言知识的储备和语言表达技巧。在写作过程中遇到的首要困难是日语语言知识不足，如词汇量少、不能自如运用语法规则等，以至于不能准确地表达思想。

2.把握书面语与口语表达方式的差异

日语的口语体与书面语在词汇运用、句法结构、句型句式等方面都有很大差异，另外书信、公文等的写作也需要遵循固定格式。因此要提高写作能力，不仅要依靠口语知识的学习和读、听等训练中获得的日语知识，还必须学会各种书面语语体的常用词汇和表达方式、句式，甚至要学会正确使用标点符号等非语言手段表达。

这种口语体和书面语之间的差异也为写作教学增加了任务量，是写作教学的难点之一。

3. 善于用日语构思

成年人通常具备一定的母语写作能力，在用日语写作时，往往具有先用母语构思或写作，然后再译成日语这种翻译式写作的习惯。不同阶段的日语学习对写作能力的培养也有不同要求，而用日语来构思的习惯应尽早养成。

通常基础阶段与高级阶段在文章的体裁、书写的要求、用词以及语言规则的熟练使用等方面要求不同。为培养写作能力，采取笔头翻译的练习形式是容许的，可以省去构思话语内容的时间。但是为了培养在写作过程中外语思维的习惯，要控制使用翻译，尽可能多地采用有助于养成直接用日语思维习惯的训练方式，以培养日语思维能力，提高用日语自如表达的程度。

4. 言之有物

如果写作时总是感觉无话可说，三言两语就结束，那么就达不到练习的目的。培养学生善于展开话题，也是写作教学的任务之一。无论用母语写作还是用日语写作，有时都不免会出现跑题的情况，也就是不能围绕题目展开议论或分析。这也是写作能力弱带来的外语写作困难之一，需要在教学中给予重视。

（三）日语写作能力培养策略

1. 语言规则运用能力提高策略

没有词汇与语法等语言规则做基础，就像没有砖和水泥难以盖起高楼一样，是不能写出通顺流畅的日语文章的。具备一定的语言知识，也不一定就能写出好的文章。写作能力的提高也需要通过训练逐步达成。

（1）分阶段、有步骤训练

写作能力的培养不只是高级日语学习阶段的教学任务，它应该与听、说、读等言语技能一样，贯穿于日语学习的始终。初级阶段的写作可能只是短句或短文的编写，是灵活运用新学习的语法或词汇等语言知识的训练，也是复习、巩固式的练习。

随着日语知识学习程度的不断提高，对写作能力的要求也不断提高，一个话语内容可以采用多种表达方式来表达，如语体变换、词汇变换、人物角色变换等。通过有计划、有目标的训练，一定能达到提高语言表达能力的目的。

（2）多种形式的大量练习

书面语或口语形式的笔语表达可以通过多种形式的练习来进行。例如，填空练习、看图写话、汉译日、造句、写命题短文等。

每一种练习方式都有具体的方法和步骤。例如，利用图示进行写作训练时，可以采取给画面加注释、看图写句子写文章、就画面问答等具体的训练方法，一方面培养学习者的笔语能力，另一方面训练日语思维能力和想象能力。

对语言规则的熟练运用需要通过长期的、大量的训练来完成。由于写作可以慢慢思考、反复修改，是灵活、准确、自然地使用语言的极好练习方法。

（3）重视修改

对于已经写完的语句或文章一定要认真阅读，反复修改。除了修改认为不适当的词汇或语法规则，还要从语言逻辑、修辞的角度考虑，增强语言表达的逻辑性和条理性。

修改可以分为自我修改和他人修改。要在自我修改的基础上请教教师或借助参考资料修改。修改不是对答案，一定要事后分析原因，体会被修改的语句与自己写作的语句有什么差异，从而学习准确的日语表达方式。

2.日语写作能力提高策略

日语写作能力与母语写作能力息息相关，母语的写作水平高，相应地也能具备用日语破题、构思、捕捉灵感等能力。尽管用外语思维时会带来某种程度的能力降低，但是提高总体写作技能会为日语写作能力的提高提供帮助。

（1）破题

写作的题目来源通常有指定题目和自选题目两种。对于指定题目的写作，首先要分析题目的各个方面，要充分收集资料来满足题目的需要，把指定的题目真正变成自己的题目，搞清题目涉及的范围与自己已知的东西有多大联系，要尽可能地使自己的兴趣和经验与之联系起来。个人经验正是进入题目所需要的。

对于自选题目往往是从自己熟悉的和感兴趣的问题入手，要慎重推敲所定题目涉及的范围，避免因题目过大、要写的范围太广而出现自己难以驾驭的情况。因为范围过广往往难以深入，而过于肤浅则会导致写作的失败。因此选题首先要确定的是"写什么"的问题，即"为什么写""给谁写"，或者说"读者是谁"，应根据写作目的和读者的需要来选题。

（2）构思和捕捉灵感口

构思是一个积极思考、酝酿的过程。在构思的过程中需要灵感，即从一个词、一句话或者一件事、一种现象中突然产生某种联想，发现新的解决问题的办法。但是这种灵感不是凭空而降的，它来源于知识和经验的积累。也就是说，有效的构思需要扎实的努力和善于捕捉灵感两个要素发挥作用。

（3）累积素材

累积素材就是围绕文章的主题不停地写下所有你能想象到的词汇或语句，不必受标点、语法、词汇书写的正误，甚至是否已经脱离开始时你对题目的认识等的限制，信笔畅书，发挥想象力，写出足够的与主题相关的材料。累积素材可以采用图解法、树形图、词束网络的方式。

图解法即用图示勾画出文章的中心或要表达的主题；树形图即围绕着文章的主题和中心思想，勾画出文章的结构关系，厘清文章的脉络；词束网络即罗列出所有能够想象到的与主题相关的词束，从这些材料中画出你感兴趣或你认为有感而发的内容，从中选出你希望得到的东西，逐步使你的文章主题更明确、突出。

（4）"六个 W" 提问

通过对文章的 Who（谁）、When（何时）、Where（何地）、What（什么）、Why（为什么）、How（如何）这六个问题的回答，增强文章主题的深度，产生更多的素材，从素材中找出切入文章的办法。可能在一篇文章中，有些要素是涉及不到的，因为文章需要有所侧重。但是在写文章时，往往是从这些基本要素中提取重要的、个别的问题来解决一些矛盾冲突。

（5）有目的的阅读或与他人交谈

有时冥思苦想也不能产生灵感，这就需要阅读一些相关资料，从大量的信息中受到启发，从而产生新的想法。必要时还可以通过与他人交谈，听取不同角度的看法，扩大眼界，开阔思路。

（6）解答问题

许多的认识都是在解决矛盾的过程中产生的，找到矛盾的实质、根源才能找到解决问题的办法。在构思过程中分析与题目有关的问题，并且从不同的侧面回答这些问题，就能在发现和解决矛盾的过程中明确自己的观点和态度，这也就是所谓的灵感。

（7）撰写提纲

笔语的写作可以分为以事实为中心的写作和以思索性的或以思想为中心的写作。前者是作者在写前已经知道大部分的写作内容，写作的任务在于运用语言符号，明确而有效地呈现这些内容。后者有突现性特征，作者在写作过程中发现许多内容，写作的任务是组织和表达这些内容。以事实为中心的写作，有大量的材料需要简明扼要地阐释，应为写作草拟一个初步计划，使材料得到控制。以思想为中心的写作，在不知要写什么时也要有个引导思想意识或概念的草稿或写作提纲，以使思考的内容更集中，更有条理。

写出主题句提纲和要点提纲（或关键词提纲）时要用日语构思。使用日语词汇或短语、语句写提纲，可使整个文章在构思之时就具有日文结构和表达，避免用汉语构思或写作再翻译成日语导致的"翻译腔"文章的产生。

（8）大量阅读

对提高写作能力来说，大量阅读一方面可以扩大知识面，提高针对语言规则的复习巩固的频率；另一方面通过阅读同一题材或体裁的文章，可以为构思、写作等提供灵感。

第三节　日本语言文学跨文化教学策略研究

一、日本语言文学跨文化教学概述

语言是文化的载体，语言也是交际的工具。语言规则是语言学习的基石，但是仅掌握语言规则并不意味着同时就能进行很好的交际。学习语言不仅是要学习语言规则，更重要的是学习语言文化。

语言文化是指由语言形成的文化，它包括文学、科学、哲学等有一定价值的语言作品或者创造这些作品的人类活动。广义概念下的语言文化还包括语言本身。语言的文化内涵在语言交际中发挥着重要的作用。

（一）关于语义语境

语言是通过语言符号来表达的。在语言表达过程中，声调、语气等可以增添语言规则的含义，隐喻、谐音等语言中固有的文化内涵，也可以表达特定语境中的语言深层含义。这些构成一种语言的文化特征的一部分。

（二）关于间接言语表达

语用学的研究成果表明，人们在表达意图时在一些特定的场合（又称语境）会选用不同的词汇或句子，如使用暗示性语言、参照性语言、主张或要求等表达方式。为了理解这些表达方式，需要了解说话人的态度、普遍的价值取向等。这些价值观、道德观、伦理观、态度、信念、取向等就构成了民族文化的本质特点。也就是说，语言并不是孤立存在的，通常是在一定的语境中发挥着直接或间接的作用。

对于直接言语行为的了解是语言规则教学的重要任务，而对于间接言语行为的了解就与语言文化的教学密切相关。

例如，汉语中有"说曹操，曹操到"的典故。如果从字面意思上来理解这句话，可能会误解这是关于曹操的话题，而实际上是借用历史人物表述一个话语内容。说话人和听话人必须都了解这个典故才能准确地进行交流。因此，学习一种语言必须加强对该语言文化内涵的学习。

单纯从语言规则的角度去学习日语，恐怕是难以妥善运用这些表达方式，也难以理解和体会使用这种表达方式时人们的心理。

（三）关于日语中的委婉表达

日语语言的特点之一就是语言的委婉性。

日本人常常委婉地表达自己对事物的看法，因此语言中大量使用省略、否定之否定、推测等婉转表达方式。对一些可以直接表述清晰的问题也委婉地说明，这是源于日本价值观中的"互为依存"观念。正是这种"互为依存"观念的存在，才使日本民族的集团主义意识浓厚，遇到问题不会直接将个人愿望强加于他人。

（四）关于日语表达方式的多样性

日语的语言表达方式多样，使传递同样一种语言信息可以采用多种方式。日语语言表达方式的多样性不仅体现在表示请求的固定句型使用上，还包括说话人的状况、目的、愿望、场合、主题等多种形式。与直接表达相比，隐晦、婉转、间接的表达更多，有时还将多种表达方式根据语境组合起来使用。

（五）关于日语表达的情感抑制

使用外语进行交际时人们普遍存在的"犹豫"的心理特点，决定了语言表达过程中会使用一些特定的表达方式，语言学将之称为"发话犹豫"，日语语言在这一方面的语言特征非常明显，在交际中经常使用。对日语学习者来说，需要通过对日本文化的理解来掌握这一语言特征。

对以日语为母语的人们表达习惯的调查表明，通常在开始会话之前，他们会用语言或视线等非言语行为为开始会话做准备，不会突然切入话语主题，有时还要询问听话人是否方便，会注意到绝不给对方增加负担。

在表述话语主题时，也会顾虑到听话人，对内容复杂的事件会用语言提示主题，设置一个停顿，让对方先对话题内容有大致的了解再进行详细说明。也就是说，日语的会话具有以不给听话人增加负担为前提，不断确认听话人的反应，逐渐地、分阶段地表达的特点。

这种对听话人接受程度的顾虑和观察，一方面会抑制表达的直接化、言语化，导致交流中大量使用言语省略，通过表达内容之间的内在联系达到言语理解。避免使用直接的否定回答，不得不表示反对意见时，如在网络、短信等交际方式中，通常先不表示出反对的意见或态度，而是先说出自己不同意的理由，进而让对方理解自己的反对态度，避免强硬的判断语气让听话人不容易接受。另一方面，会话中期待对方不断应和，寻求促进话题深入下去的语境。日语表达的这种心理倾向也是我们通过学习必须掌握的。

（六）关于日本人的肢体语言

在语言交际中，除了用文字符号表达的语言外，非言语行为的表情、动作、姿势等也可以传递言语信息，起到交流的作用。例如，日本式见面礼不是拥抱，不是握手，而是互相鞠躬；当日本人在会话即言语交际中频频点头时，并不是完全表示对所听到的话语内容的赞同，有可能只是代表正在注意倾听。这些动作所表示出来的内涵也需要通过对民族文化的认识来理解和体会。

我们在学习语言文化时，常常会以文化翻译的形式来理解日本文化。然而，就像人们在翻译外语时总是去找寻词汇或语法上的等价物一样，事实上这是完全不可能的，完全等价的语言翻译就是"不翻译"。

语言的形成是不同民族在不同的生存环境下，从不同的角度来观察客观事物，从而形成的概念系统，文化所包含的道德、人情、价值观等在各个民族的文化表现上也呈现出不同的特征。受人们对日本文化的理解与接受程度制约，在跨文化交际中也会出现各种交际结果。

语言的交际功能、语言的民族性和社会性以及文化性决定了日语表达时，在表达心理、表达习惯、表达方法种类等方面与其他语言有显著差异。也就是说，用日语进行交际时，不但是要灵活运用语法规则，还要理解和掌握日本式交际心理导致的日语表达方面的差异。

因此，通过日本文化的学习可以促进学生的语言理解和言语应用能力，扩展学生的知识结构和认识问题的方法。而且，通过学习日语，了解和认识日本民族和日本社会，还可以为理解其他民族文化提供认识论和方法论，从而为了解世界打开一扇窗户。通过语言学习达成跨文化的理解是日语教学的目标之一。

通过语言学习提高文化素养，提高审美情趣是日语教育的目标之一。脱离语言文化研究日语教学，必将局限于对语言规则教学的研究，难以达成语言理解，更谈不上语言交际和应用，是不完整的教学研究。

跨文化学习的心理过程通常分为三个层次：跨文化接触、跨文化理解和跨文化交际。对跨文化知识教学与跨文化技能教学的中心在于跨文化的理解与交际。为此，我们学习跨文化理解与交际就是为语言理解与应用服务，促进语言知识与技能的学习。

二、日本语言文学跨文化教学要点

（一）日本文化接触与认识

日语教学是通过教科书进行的，学生不能深入日本文化环境去亲身体会。这种经验是二元的，属于间接经验，同时还受到经验来源渠道的制约。教材、影视剧中文化的信息含量是有限的，受内容或目的的制约，还会出现片面的、个别的、不能代表日本文化根本的信息。即使是这种有限的或是片段的信息还存在着能够被知觉的和不能够被知觉的部分。因此，文化信息接收渠道和能够获得的知识量限制了学生对日本文化的完整、准确认识，需要在教学中由教师有意识地进行补充。

（二）跨文化理解

信息来源渠道会制约我们对日本文化的认识，同样也会对跨文化的理解造成困难。造成理解困难的另一个原因就是学生对本族文化的认识程度和态度。

如果在文化理解过程中，自我文化意识过强，文化的迁移就难以实现。全盘否认本族文化，认为"别国的月亮比自己国家的圆"，一味地接受，也会造成跨文化理解的困难。因为，这种态度本身就是放弃比较、放弃分析、放弃发现的态度。因此，理解日本文化需要我们有合适的认识态度，全盘否定和全盘吸收都不会有助于对日本文化的理解。

此外，日语是很有特色的语言，富于表现力，在看似平淡无奇的语言形式中包含着丰富而深刻的内涵。而且，日语中存在着大量习用的、固定的格式和说法，借助语境能表达种种言外之意，不了解这些语言规则所蕴含的交际心理，也就不理解日本社会的交际文化。而把握这种语言规则使用的语境，就属于文化理解的学习。在教学中往往更注重对语言现象、规则的指导，忽视这些语言规则所蕴含的文化背景介绍，也就会造成语言规则运用不自然情况的发生。

（三）文化迁移

在教学中，经常会出现学生文化迁移困难的情况。主要原因是对日本文化的冷漠态度，认为语言学习只要学会了词汇、语法等语言规则就可以了，至于文化的学习不重要。抱有这种认识，就很难从文化的角度去理解"为什么这种场合日语的表达方式会是这样"之类的问题。实际上这对语言知识学习极为不利。

（四）日本文化知识的来源

在非日语环境中开展日语教学，通常语言的文化信息主要来源于间接经验，如书籍、报刊等。因此，对日本文化的认识不可避免地受到间接经验的传递者（作者）的影响。

每一位作者在介绍一个观点或感受时，或多或少地带有个人的、主观性特点，可能只是在某一特定场合下的特殊体验，因此，这种体验的客观性就有待确认。如果我们不加分析地全部以"拿来主义"的态度接受，就可能带有认识的片面性，不能够完整准确和真实地认识日本文化、感受日本文化。

此外，专业日语课程中的日本文化课程通常对日本社会、风土人情、历史地理、文学等方面的学习较为重视，对交际心理方面的学习以及日本文化的世界观等介入很少，导致学习者所掌握的都是片段的、笼统的认识。而这方面知识正是语言应用中言语交际规则性的知识，不容忽视。所以，课程设置以及学习者对语言文化学习的重视程度低导致对日本文化理解的片面性。

三、日本语言文学的跨文化教学策略

跨文化知识教学通常是与语言知识教学相结合，通过语言知识学习逐步达到接触日本文化、理解日本文化、融入日本文化情境的目的。

而跨文化知识的应用（交际）又是通过言语技能中的会话活动来实现的。因此，跨文化教学策略的研究也是融合在语言知识教学和言语技能教学的策略研究之中。为此，在此省略重复的策略表述，仅从跨文化接触和跨文化理解两个侧面来介绍。

（一）日本语言文学跨文化接触策略

1.语言知识学习

了解日本文化首先要学习日语知识。当然，不利用日语，通过阅读汉语书籍也可以了解日本文化。但是从知识量上来说，能够被我们翻译过来的文学作品还是有限的，能够圆满翻译出原汁原味的言语内涵、画外音的作品更是困难。只有通过阅读日语文学作品，用日语语言体会特定语境下的语言文化，才可以更准确地了解、体会日本文化，掌握语言的魅力。

通过语言知识学习来掌握语言文化是日本文化学习的必由之路。学习语言知识除了学习语音、词汇、语法之外，由于教科书通常都是有选择地编写各种题材和体裁的文章，教学中还会同时涉及日语修辞以及日本的成语谚语、典故故事等，这些都可以丰富语言文化知识。

（1）灵活深入剖析课文

日语教学通常重视词汇、语法的教学，课文教学则以文章内容的理解和语言的运用为主。实际上课文中一定包含语言文化的知识，在教学中除了有关语言知识的指导，还可以指导学生了解语言文化。

可以准确选择在特定的语境中所用词汇和语法以及表达方式，是语言应用的关键。因此，对课文的学习是理解和掌握日本文化所迈出的第一步。

（2）有意识地积累和积极运用

对于教学中接触到的日本文化知识，要有意识地归类整理，指导学生通过记忆例句掌握语言中的文化含义，并且增强应用意识、文化体验感。

（3）对比

日语与汉语在语言文化方面有相近之处，同时也有差异。通过比较分析，能够更加深入地领会日本语言文学乃至日本文化的特性。这也是能动地学习语言文化的策略之一。例如，从前中国人见面打招呼时爱问："吃饭了吗？"这是还没有解决温饱问题时人们之间互相关心的体现，在当时的社会环境下没有人会认为这有什么不妥。而今天温饱问题基本解决，人们更注重生活的质量，交际语言也随着社会的发展而不断变化。

日本是个多自然灾害的国家，火山、地震、台风、海啸等为人们的生活带来很多不便，所以人们关心自然的心情也格外突出，写信时的标准格式是开头要使用季节问候语，见面打招呼也以天气开头。这样通过语言应用差异分析开展对比教学，更有利于促进学生固有知识文化的内部融合。

2. 指导学生大量阅读

在日本文化环境缺失的情况下通过书本知识了解日本文化，首先就会遇到信息量不足的问题。解决这个问题的最好办法是大量阅读。阅读不仅是指对课内学习内容的阅读，还包括课外的文学作品阅读。可以说课外文学作品阅读是了解日本文化的主要渠道。

因为课内阅读通常是以语言知识学习和言语技能学习为目标，尽管也有文化学习等任务，但是受时间、内容的限制，不能完整系统地读，不能以平常的心态去体会。因此，日本文化的学习主要还是在课外阅读中收效。

（1）书籍、报刊都可以作为阅读的对象，不仅可以读日语原文的图书，还可以读中文的有关书报、杂志。

（2）阅读的题材要广泛，不拘泥于小说等文学作品，只要是与日本相关的信息，包括政治、经济、文化、风土人情、社会地理、历史等，都要作为文化学习的内容，积极吸取，日积月累，逐渐完善。

（3）学习记读书笔记和摘要。因为我们的记忆是有一定规律的，不经过重复会遗忘，养成记读书笔记的习惯对于我们积累信息非常有帮助。

（4）定期归类整理。已经学习过的或者积攒下来的关于文化方面的资料、卡片要随时归类整理，一方面是复习巩固，另一方面是便于以后学习和查找。

（二）日本语言文学跨文化理解策略

1. 文化迁移时的态度

通过前面的论述可以知道，对待日本文化的接受态度会直接影响对日本文化的理解。而对日本文化的理解程度，又直接影响着语言知识的学习成就。因此，采取积极、有效的学习态度来接触和学习日本文化是很必要的。

（1）保持好奇心

不拘泥于个人喜好，对日本文化始终保持好奇心，对日本文化感兴趣，有求知的欲望。

（2）广泛的接受

文化中的内部要素是互相联系、互为依存的，如果受学科的制约，有选择地学习，必将束缚我们的视野，影响对文化认识的全面性。因此，无论是对政治、经济、社会、地理、历史、教育等任何领域的文化知识，我们都不要抱着排斥的态度，要广泛地学习。

（3）有长期学习的思想准备

受学习条件和学习时间、学习阶段的影响，我们不可能一下子就了解到日本文化的全部，必须一点一滴地积累；而且随着学习内容的不断丰富，我们对文化的认识也会从表面到内在，逐渐深入。因此，对文化的认识形成，是一个长期的过程，不要急于求成。而且随着我们对日本文化理解程度的提高，对文化差异性的认识也会不断提高，这种有目的的积累，会为今后的日本学研究打下良好的基础。

2. 跨文化交际时的态度

根据巴纳对阻碍有效的跨文化间交际问题的研究，对文化交际过程中应该抱有的态度归纳如下：

（1）避免文化相似性认识

跨文化间交际产生误会的原因之一就在于抱有"人都是一样的，因为人类具有相似性所以不会产生交际困难"的想法。

从生物学、社会存续的必要性角度来说，人类确实具有相似性。但是，交际是由人类固有特性与文化特性、社会特性共同构成的，交际实际上也是文化的产物，认为一切人类都是相同的文化也存在于其中，而基于文化的差异，比认识其他文化与自我固有文化相似性程度更深的差异性也存在。因此，必须认清两者的差异。

（2）注意语言差异

在运用不太熟练的日语进行交际时，我们容易认为，每一个单词、熟语、文章都具有各自的意义，而且它们只具备自己想要表达的意义。

这种认识实际上是忽视了非言语表现、语调、身体的方向和其他多种行为，以及暗示、简短信息等其他形式的交际方式，把本来很复杂的过程当作一个简单的意义解释，这就必然导致交际问题的发生。因此，需要注意到言语交际过程中言语本身的意义内涵和其他言语辅助手段中透露出来的信息。

（3）正确理解非言语行为

任何一种文化中，非言语行为都是由大量的交际信息构成的，从而导致难以精通其他文化中的非言语行为。对非言语行为理解的误区，容易导致跨文化交际的摩擦和对立，也就会破坏交际过程。因此，需要正确理解日本文化中的非言语行为。

（4）避免固定概念和先入为主观念的影响

对于他人的认识我们很容易受到固定概念和先入为主观念的影响。这些观念影响到我们认识和交际的所有侧面，是不可避免的心理过程。

固定概念或先入为主的认识也就是特别关注事物中的某种特定倾向的认识。正是因为这种选择性注意等对交际产生副作用的心理过程的影响，固定概念才一直维持下去。

如果过分依赖固定模式的认识就不能客观地认识他人或他人的交际行为，也就无法搜寻出线索来解释他人交际行为中蕴含的深层意义，因此这是影响顺利交际的很大阻碍。

（5）注意评价的倾向

文化价值观影响着在包含着他人与自我的世界中我们的归属感，对于价值观不同的他人容易产生否定性评价，这种评价也会成为跨文化交际的障碍。

（6）避免高度不安或紧张

与熟识的同文化圈交际相比，跨文化交际容易引起强烈的不安，产生精神压力。无论在跨文化交际中还是在考试、体育比赛等其他社会生活中，适度的不安或紧张也许会收到好的效果，但是高强度的不安或焦虑会导致思维过程和行为技能的失调。在这种不安或焦虑状态下，人们容易放大障碍物的作用，从而得出专断的或没有灵活性的认识。不仅如此，有时即使相反意见具有客观依据，却还是会固守自我观念，对不同意见者持否定评价。

对跨文化交际来说，这绝对不会带来良好的结果。因此，在交际过程中只需要保持适度的紧张而不要过分。

第七章　多媒体与日本语言文学教学实践

第一节　多媒体日本语言文学教学及其设计

多媒体日语教学是指以计算机技术为主导，通过对各种媒体和技术的综合利用，对日语教学的内容信息进行加工、整理、传播、交流，从而达到日语教学与学习最优化的教学形式。它是以现代语言学理论、日语教学论、教育信息技术学、系统科学为理论基础的。

一、多媒体日语教学的特征分析

（一）教学资源的共享性

多媒体教学资源主要以数字化的形式存在，这一形式可以充分利用网络实现资源的共享。教师之间、师生之间、学生之间、班级之间、学校之间等均可以按需要进行教学资源的共享，从而降低了教与学的工作强度，甚至可以远程教学来实现师资共享（包括课堂教学师资和课外辅导师资）、课程共享、学习合作伙伴共享等。

（二）教学形式的立体性

多媒体技术集声音、图像、文字于一体，信息应用上具有立体性，能充分调动学生的多种感官，有利于学习者多维度的认知和语言综合应用能力的培养。人类对于信息的接收和反映主要靠视觉、听觉、触觉、嗅觉和味觉，其中70%~80%的信息是由视觉获得的，约10%的信息是通过听觉获得的。日语教学借助多媒体技术手段，所学的语言信息通过多通道的输入、存储、处理、输出，可以让学习者置身于虚拟的语言环境之中，向学习者提供大量的视觉和听觉接触信息的机会，通过对多维度信息的多途径利用，以立体的方式进行听、说、读、写、译的基本语言能力学习、训练和语言实验、研究。

（三）学习方式的自主性

在多媒体日语教学中，教师可根据教学指导思想选择多媒体教学的形式，有助于实施以学生为中心的教学。多媒体教学环境为学生学习日语提供了多元化的教学方式，学生可根据自身情况确定学习方式和学习过程，有计划地进行学习。多媒体日语教学可使同一时间段内不同情况的学生为同一教学目标实施不同的学习过程，有助于培养学生的自主学习能力。

（四）教学管理的辅助性

通过网络平台等途径，教师可以对学生的学习情况进行实时监控。教师可以通过后台掌握学生的学习状态数据，包括在线自主学习、在线练习、在线测试所产生的原始数据和分析数据，可以及时、全面、具体地了解教学变化，有针对性地进行教学决策调整和对个体学习者的指导或辅导；同时，教师可实现对庞大数据支撑的形成性评估与终结性评估相结合的教学评价体系的实施。

二、多媒体日语教学应遵循的基本原则

由于多媒体日语教学与传统日语教学存在一定的差距，为了科学确定教学内容，选择正确的教学方法，提高教学的吸引力、感染力、针对性和实效性，全面实现大学生日语教学的目标，在进行多媒体教学时必须遵循以下原则。

（一）主体性原则

主体性原则是指在开展多媒体日语教学活动时，应把学生视为教学的主体，充分调动学生的积极性和主动性，以实现日语教学目标的行为准则。学生的主体能动性是影响日语教学效果的一个极其重要的因素。

这一原则强调学生是学习过程的主体，他们应在教师的引导、指导和组织下，充分发挥多媒体的集成性、交互性、非线性、实时性、便利性等特点，通过积极参与日语的学习活动，主动建构知识与意识，按个人实际水平和特点，选择所需的学习内容，自主安排学习进程，突出学生在学习过程中的主体地位。

（二）立体性原则

立体性原则是指利用多媒体技术进行全方位、多感官的信息输入，使学生最大限度地接受语言信息。这一原则应当体现多媒体使用的多样化、课堂结构的多元化、教学方法的灵活性、教学目标的多维性、学生能力培养的多面性、听说读写译阶段既有侧重又全面发展、言语认知过程的多元性、训练方法的立体交叉性等。各个媒体之间应是相互补充和有机结合的。

（三）交际性原则

日语教学的最终目的是培养学生的语言运用能力。这种能力一般体现在交际上。但事实上，学生往往难以把日语知识的掌握与实际言语使用相结合，难以从抽象自然走向具体，学与用产生严重脱节。为此，在多媒体日语教学中要把日语看成一种交际工具，充分体现多媒体的交互功能，把日语学习看成积极的使用过程，要力求准确和熟练，要多进行言语实践，在实践中巩固，从实践中发现问题、纠正错误，语法知识、语言规则的掌握要与语言点的实际使用紧密结合。

（四）激励性原则

激励性原则是指在学生独立进行日语学习时，要运用各种激励手段，对学生施加外在刺激，以强化学习，从而实现日语教学目标的行为准则。激励的形式包括正激励和负激励。正激励是指奖励，即对学生的良好行为的积极肯定，以促使其保持和增强这种行为，从而强化学生的良好动机；负激励是指惩罚，即对学生不良或不正确行为及其后果的一种否定，以促使学生终止并转变不良行为，使其原有的行为动机消退，引导其朝着正确的方向迈进。在学生独立使用多媒体技术进行学习时，尤其需要这种原则来保证学生学习方向的正确性。

三、多媒体日语教学的模式

随着科技的不断发展，多媒体技术应用于日语教学的模式，从辅助教学模式发展到了主导教学模式。

在多媒体辅助教学模式中，主要是教师通过计算机多媒体的教学手段，向学生进行日语授课。学生在这个模式中仍处于被动地位，教师是这个模式的主导者。

在多媒体主导模式中，多媒体教学手段处于主导地位，设计者（可以是教师或软件编制人员）为学习者设计多媒体软件、课件和建构数字化学习资源。学习者通过主动对多媒体进行操作使用，对其中的内容进行学习，主动构建所要学习的知识。

具体到教学内容，多媒体日语教学可分为教学演示、练习、个别辅导、模拟和问题求解等。

教学演示是利用计算机的音视频等功能，将教学内容全面地展示在学生面前的方法。教学演示能够更形象、更直观、更深刻地反映事物的本质，解决传统手段中难以解决的重点和难点问题，帮助学生正确地理解和掌握有关的理论和技术。这一模式特别适合日语教学中对说明文、科普文、篇章结构分析等内容的教学。

练习是通过计算机对所学的日语知识及时进行巩固。日语教学中有一部分知识和技能需要通过大量的练习和反复训练才能巩固。具体来说，就是依靠教学软件，将所学内容编成多种类型的练习题供学生演练，由计算机对学生的回答进行判断，并对其进行分析或提示。

个别辅导即一对一地进行辅导，就相当于计算机是学生的私人教师，解决学生所特有的学习问题，从词汇、语法、语义、语音到翻译、阅读、写作全部在计算机的控制之下。学生通过与计算机的实时交互完成学习。这种学习模式主要适用于自学日语或额外对某一部分进行学习的情况。

模拟考试经常用于为新知识的学习提供感性经验，为概念、法则和知识的应用提供一个仿真环境。这种模拟可以使学生体验到在实际生活中无法见到或难以进行的实验或现象，如日语情境教学的模拟。

问题求解是利用计算机语言编出解决某学科问题的程序，运用这些程序来帮助学生解决学习中的问题。这些程序有的是已编制好的通用程序，学生使用这些程序来解决学习中遇到的问题。

四、多媒体日语教学设计

教学设计是根据教学对象和教学目标，运用系统方法分析、组织、协调教学系统中的诸要素，对教学过程进行整体设计，以实现教学最优化的过程。多媒体日语教学设计就是以教育信息技术为手段，根据日语教学内容与教学目标，通过精心创设日语教学的系统环境和学习条件，周密分析学习目标、学习者的特征和学习过程，以取得优化教与学最佳效果的过程。

（一）多媒体日语教学设计的基本准则

（1）必须以教学目标作为出发点。在进行教学设计时，教学媒体的选择、教学内容的确定、教学时间的安排等因素应紧紧围绕教学目标进行，在教学中教师要以直接的或间接的方式告知学生的学习目标，促使学生顺利进入学习过程，并为学习评价做好准备。

（2）以学生在学习过程中构建"概念框架"为中心为学生提供"先行组织者"。为学生提供先行组织者，能使学生将现在所学的知识与原来所学的知识建立联系，这种联系主要通过解释、综合、归纳等形式进行。这样能提高学生的信息编码能力，运用自己的言语方式组织学习内容。

（3）运用不同的图解方法，促进学习者形成知觉组织。日语教学过程中，可以用简明的图表或视觉形象，将学习内容组织成一个有意义的整体，使认知对象迅速从认知背景中分离出来。用易记的结构方式来组织复杂的信息，提高学生的学习效率。

（4）采取多种多样的教学活动使学生保持持久的注意力。在教学过程中，教师应避免长时间专注于课件的讲解上，还应适时地变换教学方法，增强学生学习兴趣的持久性，扩展学生的注意范围，缓解学生的学习疲劳，调动学生的积极性。

（5）避免过于花哨的教学形式。有的教师为了提高多媒体教学的吸引力，在课件上设置过多的不相关的动画，或是过多地向学生播放视频等，这往往会使学生的注意力集中在与学习不相关的方面，教学效果往往不理想。

（二）多媒体日语教学设计的主要步骤

（1）教学目标与学生分析。在进行教学设计时，通常课程教学目标是已定的，为了实现总的教学目标，应该对它进行分析并分解，构成一个教学目标体系。除了对教学目标进行分析外，还要对学生的特点、发展规律、已经掌握的知识情况进行分析。

（2）情景创设。根据教学目标体系中的分解目标，一一对应地设计教学情景，以多媒体辅助进行情景创设，以便教学内容信息在真实或虚拟的情景中传递。

（3）信息资源设计。根据教学目标体系中的分解目标，对应地分析信息资源，结合所创设的情景，对信息资源进行分配、管理，并运用相关的学习理论，根据教学需要提出利用方案。

（4）自主学习设计。自主学习能力对学生自身的发展尤为重要。因此，教师应以提高学生自主学习能力为目的，为学生设计系统性的学习任务，如阶段性的学习目标、学习内容、学习计划等，并指导学生如何进行自主学习。

（5）合作学习环境设计。合作学习环境的设计主要是指如何针对教学目标、内容和学习者的实际情况进行有关多媒体教学条件和环境有效利用的方案设计。

（6）强化练习设计。根据教学目标，对与主要教学内容相关的知识和技能，应该充分利用多媒体条件并遵循多媒体教学原则，设计出效率高、效果好的强化练习。

第二节　多媒体日本语言文学教学课件制作研究

一、多媒体课件的基本认识

课件是在相关教学理论、学习理论与传播学理论的指导下，根据教学大纲的要求，经过教学设计、软件设计等环节加以制作的教学方案。它与教学内容有着直接联系，并能反映一定的教学策略。而多媒体课件本质上是以多种媒体的表现方式和超文本结构制作而成的一种应用软件。它主要是对教师教学的辅助，以多样化的信息传播形式促进学生自主学习，突破教学内容的重点与难点，从而提高教学效果。

（一）多媒体课件的特征分析

（1）多媒体课件的表现力丰富。多媒体课件能够再现客观事物的发展顺序，展示事物存在的客观规律。对于一些使用传统教学手段无法解决的教学问题，如抽象的概念、复杂的变化过程和运动形式等，可以利用多媒体所具有的特性将其内容通过图像、动画、视频等形式生动、直观地表现出来。

（2）多媒体课件的交互性强。多媒体课件具有人机交互的特点，可以根据学生的鼠标动作、输入信息等进行相应的操作，指导学生有针对性地进行学习。多媒体教学能够对学生所反映的问题进行及时有效的反馈，及时解决学生在学习过程中遇到的问题，确保学生获得知识的准确性、完整性与广泛性。

（3）多媒体课件的共享性好。随着网络通信技术的发展，多媒体课件所包含的信息资源可以通过网络进行传递，共享信息资源。承载在网络、U 盘、移动硬盘上的多媒体课件使教学知识的传播突破了时间与空间的限制，教师和学生可依据自身情况对信息进行有选择的吸收与借鉴。

（二）多媒体课件的分类

按多媒体课件的内容与作用进行分类，可分为以下几种：

1. 课堂演示型

这种类型的多媒体课件主要以直观的文字、图片等形式向学习者展示概念、原理、事物运动等事实性知识，注重对学生的提示和引导作用，并通过多种媒体信息的展现对问题解决的过程进行描述。这类课件主要用于课堂教学演示，以解决课堂教学内容的重点和难点为主要目的，用于辅助教师的课堂教学，向学习者展示教师的课堂教学思路。它要求更直观地呈现教学内容，同时展示屏幕尺寸要大，以便每位学习者都能清楚地看见呈现的教学内容。

2. 教学游戏型

这种类型的多媒体课件与一般的游戏软件不同，它以学科知识内容作为基础，寓教于乐，通过游戏的形式使学生掌握知识，并激发学生的学习兴趣和积极性。该类型的课件设计要求游戏的趣味性强、规则简单，同时要具有较强的知识性。

3. 个别化交互式学习型

这种类型的多媒体课件以一定的教学模式为基础，具有完整的知识结构，对教学过程进行模拟，并提供友好的人机交互界面帮助学习者自主学习，同时伴有相应的形成性练习和反馈机制帮助学习者进行自主学习评价，以改善学习效果。该类型的多媒体课件要求具有良好的导航系统，指导学习者逐层深入地学习教学内容，并能够随时寻求帮助，对需要的知识点进行检索。

4. 计算机模拟型

模拟学习的基本目的在于提供一种新的实验方法和手段或者提供虚拟实验环境，以帮助学习者实现学校现有条件下无法进行的实验，培养学习者的探索能力和分析问题、解决问题的能力。被模拟的对象可以是自然现象、社会现象，或训练问题、管理问题。这种类型的课件要进行大量的实验仪器、设备、工具和实验材料的图形仿真，并针对不同操作者设计不同的操作顺序、动作的协调和不同的量度等因素以生成不同的实验过程、结论和效果。模拟实验的更高层次是虚拟现实技术。

5. 操练复习型

这种类型的多媒体课件主要通过练习的形式来辅助教学。进行该类型课件设计时要保证具有一定比例的知识点覆盖率，并将练习和评测相结合，以便全面地提升学生的能力，同时给出一定的评价机制帮助学习者了解自己的学习状况。另外，知识点的难度设计需要逐层递增，并根据相应的难度等级设计反馈评价。

二、多媒体日语教学课件制作的基本原则

（一）坚持课件的严肃性、学术性与趣味性相结合的原则

日语教学的目的在于通过学习日语的相关知识，如词汇、语法、语音、国情文化等，提高学生的日语水平和日语交际能力，使其在精神、审美、人格与品性等人文素质方面得以提升。动画、音响、美工固然是多媒体的优势艺术特性，但在课件制作过程中，如果一味地追求色彩的华丽、动画的特效、音响的陶醉，便会影响日语教学目的的实现，其结果只能是本末倒置。但也不能忽略多媒体的优势，因此应针对日语课堂的具体内容灵活地设计课件。

（二）有的放矢，重点突出

在课件制作过程中，切记要做到因材施教。教师要根据具体的教学内容和学生掌握知识的情况，有选择性地筛选材料。如在讲解某一篇章时，在演示材料中，应将关键的作品、人名、时间、地点等需要记住的内容以醒目的颜色做

衬托，提示学生此为需要清楚记忆的重点。其中的色彩作为一种表现语言要设计适度，它的任务在于把学生的注意力引向所要表现的主题，而不是它本身，如果考虑不周全，容易产生喧宾夺主的效果。

（三）坚持文字的言简意赅

在日语课件制作过程中，一定要注意文字的简洁明了。日语课件制作的文字主要是外文，所以简洁问题显得尤为突出。文字简短，使人有一目了然的感觉，最好是以词组为单位，结构轻快清晰，既赋予学生足够的想象空间，又便于学生记忆。如果为表达意思的完整，而把整段的话都展示给学生，学生疲于应付盲目增加给他们的信息量，结果就是不但学生没有记住具体的内容，连知识点也难以把握，更谈不上享受多媒体学习带来的乐趣。因此，文字的简练是制作课件的关键所在。

（四）与传统授课方法的适当结合

在制作课件和授课过程中，需要注意的是，多媒体教学尽管有其优越性，但也存在一定的局限性。教师全神贯注于计算机操作，学生全力以赴关注多媒体画面，这在某种程度上影响了教师与学生之间的直接交流，即学生对所学知识的反馈教师无法迅速把握，对教学的内容及状态难以做到及时调整。多媒体只是一种行之有效的教学手段，真正的教学魅力来自授课的教师。教师的生动讲述、准确表达是计算机代替不了的。就这一点而言，传统授课方法更具亲和力，同时它对发展学生的想象、思维能力更具优越性。因此，应将多媒体课件与传统的教学手段有机结合起来，以达到教学的最优组合。

三、多媒体日语教学课件制作的关键技术

（一）课件开发平台

课件开发平台就是专为制作教学课件而设计的工具软件，其中包含了大量的标准程序模块。开发者在开发平台中调用某一功能，实质上就是调用了一个或几个程序模块，而调用该功能时进行的一些设置，实质上就是为这个程序模块设置一些参数，该程序模块根据这些参数实现相应的功能。目前，有很多多媒体教学课件制作工具，它们为多媒体课件的制作提供了开发平台。

（二）文字处理技术

文字处理技术就是利用计算机对中日语言进行的输入、切换、编辑、格式排版、打印和存储等处理。文字采用不当会影响多媒体课件教学效果的整体质量，因此在制作文字时应注意选择适当的中文环境，文字使用要规范、合理，以提高文字对教学内容的总体表达效果。

（三）图形图像处理技术

图形图像处理技术就是利用计算机对图形图像进行的截取、编辑、数字化、显示、压缩、解码、增强、锐化、复原、识别、存储等处理。图形常用于具有很高精度要求的表达形状、大小改变的画面。制作图形时应满足教学内容的表达要求，加强图形的艺术性和简洁性。图像是对物体辐射或反射的电磁波强度的连续多维信息的反映。在多媒体日语教学课件中，图像常用于表达具体的教学对象，能够增强教学的形象性。

（四）数字音频技术

数字音频技术就是将从话筒、光盘、录音机等渠道获取的声音进行数字化，以对其进行录音、压缩、编码、编辑、放大、降低、回放、混合等处理。在日

语教学中，数字音频技术主要用于语音训练、听力训练和口语表达等内容。

（五）数字视频技术

数字视频技术就是将传统模拟录像设备上的模拟视频转换为实时采集的数字视频，并对这些数字视频进行编辑、增加特效、压缩编码、解压缩、传输、存储等处理。数字视频具有实时无损传输、随机存取、高比率压缩与解压缩等优点。由于数字视频内容来源丰富，在日语教学中的应用范围也很广，尤其适用于语境的教学。

四、多媒体日语教学课件制作的步骤

第一，准备阶段。制作相关日语课的教学设计，确定课件的基本框架，明确教学目的，确定教学内容的重点、难点。课件内容的确定应以教材为主，从实现教学目标、完成教学任务出发，适当扩充课件的内容，形成思路清楚、层次清晰、重点突出、详略得当的脚本（如每张幻灯片的内容、背景、图像、文字出现的顺序、声音、动画效果的配合等），力争使每个课件都能准确、直观、形象地演示教学内容，激发学生的学习兴趣，引导学生积极主动地学习，使学生尽快地掌握新的语法知识，突破重点、难点。

第二，实施阶段。根据日语教学课的特点及教学任务，选择相关的课件制作软件进行课件制作。要配以较为丰富的图片、声音或录像，给学生创造一个生动逼真的语言环境。需要注意的是，由于许多课件设计软件并不支持外文输入，所以经常需要在文档中先做好文字编辑，然后将其复制到相应位置或另存为相应的格式。

第三，总结阶段。积极收集教师和学生的反馈信息，及时总结利用课件进行日语教学时存在的问题、成效，分析多媒体日语教学中存在的规律，根据反馈情况对教学课件进行修改和完善。

五、多媒体日语教学课件制作注意事项

多媒体日语教学课件的制作，必须符合教育性、科学性、技术性和艺术性。教育性包括直观性、趣味性、新颖性、启发性、针对性、创新性。科学性包括描述概念的科学性、问题表述的准确性、引用资料的正确性、认识逻辑的合理性。技术性包括交互性、稳定性、易操作性、可移植性、易维护性、合理性、多媒体效果等方面。艺术性包括画面艺术、语言文字、声音效果等。除此之外，在制作日语教学课件时，还要注意以下几点。

（一）合理地选择使用多媒体课件

如果黑板、录音机、卡片等其他教学媒体能够很好地完成教学任务，就没有必要用多媒体课件。如几句话就能讲清楚的教学内容硬要利用多媒体课件教学，或者为了"装饰"课堂，用与教学内容没有密切关系的软件都是不恰当的。只有一堂课的内容用传统的教学模式不能有效地突破教学难点，不能引起学生兴趣，收不到较好的教学效果时，才考虑设计和使用相应的多媒体课件。

（二）课件制作要集思广益

在多媒体日语教学课件制作过程中，学科教师、计算机教师、电教教师应互相沟通、交流技术问题，这样日语教师不仅掌握了计算机操作、多媒体创作工具的使用，而且加深了对教材的理解，体现了教学科研的集体力量。此外，在正式上课前，要提前对教室的计算机、投影仪、话筒等进行调试，避免出现差错。

（三）多媒体课件不能完全"代替"教学

多媒体课件是教师进行日语教学的辅助工具，因此在教学过程中不能过分地依赖多媒体课件，成为多媒体课件的"奴隶"。多媒体课件的使用要注意方式方法和教学效果。多媒体课件使用的最佳时机是在对教学重点和教学难点进行设

计时，教师对学生进行思维启发而学生出现求知需要的时刻，以及难以用传统教学媒体解释现有知识内容的时刻。在制作多媒体课件时，不能将整堂课的教学内容都设计进课件里，使其变成教案，这样就会影响师生之间的互动和情感交流。

六、日语入门教学课件设计示例

在日语教学中要培养学生听说读写全面发展的能力，因此教师必须把精读、泛读、听力、口语等融为一体进行教学。但现阶段中小学外语教育以英语为主，日语专业学生往往是进入高校后才开始学习日语的，日语基础薄弱。针对日语课程的特点，结合实际教学中所遇到的众多问题，利用多媒体网络技术，开发一个知识性强、能提高学习积极性的日语教学课件显得尤为重要。

学习日语，不仅要学习它的单词、句型、语法、发音等内容，更重要的是理解日本文化，在制作日语教学课件时应该抓住这一点，把日本的文化元素巧妙地融合在课件当中，给学生以美的享受，让学生在日本风情的熏陶下提高学习效率。

在日语入门教学课件中，其目的主要是使学生对日本文化及其语言有一个大体的了解，不进行具体项目的学习，使初学日语的学生能够对日语产生学习兴趣。首先，在课件的首页，创设一个具有日本特色的图片或动画以吸引学生的注意力。在打开首页时，响起日本典型的音乐。在进入课件后，通过文字与图片的形式对日本主要的传统文化做一个大体的介绍。

其次，对日语进行一个大体的介绍。主要内容包括日语的发音、书写等基本知识。还可重点介绍日语的来源，日语里所包含的中国汉字等内容，使学生消除学习日语的畏难心理。

最后，播放一些经典的日剧、日语歌曲等内容，活跃课堂氛围。

第三节 多媒体日本语言文学课堂教学设计研究

一、多媒体日语视听说教学设计

（一）视听说的基本认知

视觉感官在人们记忆活动中的作用十分重要，具体而生动的信息影像伴随着视觉感官，使人们更容易理解，有助于记忆。根据相关统计，人们通过视觉获得的知识比率为83%。视觉能充分调动人们的注意力，视觉的注意集中比为81.7%。而且使用视觉所获得知识的记忆保持率比使用其他感官获得的都要高。

听是大脑把电波转化为声音表征，并赋予声音表征意义的过程，是一个需要付出积极努力的活动。听包含了倾听、理解、对信息做出反应和记忆四个阶段。倾听是注意到了声音信号，个人的需要、欲望和兴趣决定所注意和选择的声音信号。

理解是弄清声音信号的意思，语言知识、语用规则知识、语义解码能帮助人们理解特定语境中说话人所表达的意思，人们组织声音信息的能力、语言能力、智力和动机等会影响其理解能力。对信息做出反应指为听者提供一个可观察得到的反馈，这种反馈能帮助听者理解说话人的意思，同样也表示听者对说话人所说的内容很感兴趣。记忆是听力理解的最后一个阶段。

说是一个解码的过程。说话的人需要把意思编成一个完整的语篇，然后用语音的形式把语篇表达出来。格劳伯格认为，说包括五个步骤：①选择语篇结构（如邀请、指示、报告等）；②设计句子的整体框架（如陈述句、疑问句等）；③选择组成句子的各个成分（如名词短语、动词短语、从句等）；④在脑海里勾画出这些成分的发音;⑤说出要说的话。说不是一种孤立的技能和活动,它与其他技能和活动有着许多重复的交叉。说的能力涉及一个人的整体语篇能力、词汇语法能力和产出语音的能力。

口语语篇具有自身的特征:依赖语境、无计划、短暂变化等。当一个记号、一句话被说出时,它与特定的地点、时间相联系。人们可以用录音机、录音笔把某句话录下来,但是人们无法再次复制此句话出现的语境。

听、说在人们的日常交际活动中占据了非常重要的地位。人们的日常交流可以分为书面交流和口头交流。在以效率为本的当今社会,口头交流显得特别重要。有关学者认为,在各类交际活动中,听、说占交际活动的69%,而读、写只占交际活动的31%。可见,听、说在交际活动中占有重要地位。

“视听”是辅助理解的手段,而“说”是教学的最终目的,只有通过“说”才能把“视听”所得的信息进行进一步的消化和巩固。

教育信息技术的发展,为调动各种感官和刺激各种感官并用的媒体构建了较好的物质基础。为提高日语学习效率,在多媒体教学环境中应充分发挥视听说感官的作用。

(二)影响视听说的主要因素

1.听力材料的特征

听力材料具有时间性,材料本身的语言特征如语法、词汇、句型结构、语速等,以及材料以外的视觉、听觉因素如图片、噪声等都会对听力理解产生影响。

例如,语速对听力的影响。听力材料的语速过快,很容易让听者应接不暇而错过一些内容,使所听内容不能完全再现出来。听力材料的语速过慢,则会给人一种不真实的感觉,容易造成心理上的障碍,导致厌倦、乏味的消极情绪。

2. 学习者特征

学习者所具有的特征，如语言水平、记忆力、经验、知识积累程度和情感因素等是影响视听说理解的主要因素。例如，记忆力越强，对所听语言材料的输入量就越大，因而理解的范围也就越大。又如，注意力强的学生在遇到生词或难懂的语句时，仍能坚持注意听完剩下的内容，而注意力弱的学生往往就不再往下进行了。

（三）多媒体视听说教学的设计策略

多媒体日语视听说教学主要是基于多媒体语言学习系统（又称多媒体语言学习系统）的教与学活动，指利用以计算机为核心的信息技术和资源所构建的日语视听说教学活动，传授基于信息技术的日语视听说的基本知识、基本技能，培养学生利用信息技术获取必要的日语视听说信息的能力和交际能力，扩大学生日语视听说的文化视野和言语信息的输入和输出。

多媒体日语视听说教学主要以语言实验室为教学手段。语言实验室是集计算机、投影仪、音响、网络等设备于一体的现代化教室。语言实验室具有图文并茂、动静结合、声情融汇的特点，能使视觉和听觉并用，为教学提供逼真的语言情境，克服了传统课堂教学中学生被动接受同一模式的严重弊端，可充分提高学生学习的积极性与主动性，发挥教师与学生、学生与学生的互动性和交际性，发挥个性化和合作学习的特点，提高教学和学习的效率和效果。

视觉要素是辅助理解，在多媒体日语课堂教学中可以以图像或动画的形式呈现语篇中与言语、非言语表达有关的影响因素，使语言自然地融入背景之中，给学生创造一种可视的语言情境，使学生感知制约环境中的逼真用语，进而分析相应的作用影响下自身和他人的举止行为。

听是语言教学系统中最重要的因素，听包括自上而下和自下而上两种方式。

在自下而上的解码过程中，听者把话语中的信息一点一点地拼凑在一起。

这是一个在越来越高的语言层面上感知语言、解析语言的过程,是一个从音素到语素、音节、词汇、句法、语义、命题,再到语用的过程。在自上而下的过程中,听者从整体出发,即从他们已具备的知识、已掌握的内容图式和形式图式出发,逐渐过渡到理解语言的各个部分。听者利用他们已知的会话情境来推测话语的意思,整个过程是一个推理过程;而说是最终的教学目的。

在多媒体视听说教学设计中,应把声音、动画、图像、字幕、视频等信息有机地结合在一起,形成整体化、多渠道、全方位的教育信息加工模式(教师—媒体—学生),为学习者提供更完善、更直观的综合信息,调动多种感官共同参与学习,从而提高学习效率。

多重感官教学可以运用于教材内容的讲解、认知、理解、处理测试和实验,可以使"口头话语"与"书面话语"按教学要求结合起来,也可以在需要有图像、音频视频信息、模仿甚至虚拟现实的地方结合起来,使学生主动进行学习,构建对他们自己而言所具有意义的学习形式,并将新的观念和技能整合进自己已有的知识能力中,积极地进行大量隐性的日语语言演示、模拟和练习。

此外,多媒体日语视听说教学应突出直观、生动、形象的特点,通过录音、录像、动画、模拟等形式呈现给学生一个鲜明生动的演示过程。对于这些教学媒体和教学资源的选用,要力求图文并茂、形象生动、灵活多样、模型逼真。这样不仅能够使学生获得所需知识和技能,而且在学习知识的同时,还能发展学生的创造能力,提高学生的实际操作水平。

二、多媒体日本文学阅读与日语写作教学设计

(一)多媒体日本文学阅读教学设计

阅读是读者与作者之间的交流。作者通过语言符号来刺激读者产生感知和理解,读者利用直观信息和非直观信息与作者进行精神交流。

基于现代教育技术的阅读可以是多样性和多样化的，既可是学习性阅读，又可是交际性阅读；既可是综合性阅读，又可是分析性阅读；既可是合作式阅读，又可是自主性阅读。读者自己构建阅读的方式与内容，既可是单一的阅读模式，还可以是读写交流并进的多功能模式；既可以是基于文本的阅读，也可以是超文本和超媒体的阅读等。可以看到，基于多媒体技术的阅读能够提高获取所需信息的速度，扩大所需的信息量，还可以突破地域的限制实现与作者的交流。

阅读教学是培养学生如何获取信息的技能和良好的阅读习惯的活动，旨在提高学生的观察语言能力、假设判断能力、分析归纳能力和推理检验能力，提高学生的阅读技能，扩大词汇量、吸收语言和文化背景知识。多媒体日语阅读教学是利用以计算机为核心的信息技术所构建的日语阅读教学活动，传授基于信息技术阅读的基本知识和基本技巧，培养学生利用信息技术获取必要信息的能力，扩大学生的阅读视野的活动。

阅读教学模式以发掘篇章的主题思想、情节和表达它们的句型、词汇为主要目的，分三小步进行。第一步：翻译—分段，总结段落大意、归纳中心思想和表达方式—分析写作特点、习惯用语、文化特点。第二步：主题词—情节（或例子）—表述主题及情节的词汇、句型等—分层次总结大意—归纳中心思想及其主要句段。第三步：问答—复述—中心思想。

在进行多媒体日本文学阅读教学活动过程中，应注意学生与软件的交互性，使学生明确阅读的目的。在选择阅读材料上，必须注意材料的真实性，尤其是介绍国家文化、历史时事方面的内容；还要注意材料的正确性，一般阅读材料下面都有相关的练习，如果练习的内容存在争议就会对学生的阅读能力造成影响。此外，为了避免阅读疲劳，在阅读界面设置上可采用护眼模式，已经阅读的内容可标成灰色，形成色彩对比。

（二）多媒体日语写作教学设计

日语写作教学的目的是提高学生的日语写作能力。在写作教学设计中，教学的内容安排可以从如何用词、语法结构和句子结构入手，首先从列提纲、模仿范文入手，其次根据提供的一定情境进行作文，最后采取应用文、说明文、记叙文、文章提纲等多种写作形式，循序渐进地提高学生的写作能力。

多媒体辅助写作教学指的是教师利用计算机系统和网络资源，传授写作的基本技巧后，学生利用日语输入法，在文档、记事本等软件上进行写作，教师对其数字化的写作文件给予评价的教学活动。多媒体辅助写作教学的特点是教学活动的交互性、同步性或异步性，信息反馈的敏捷性，教学目的的多重性等。

多媒体日语写作教学模式可依照"创设情境—指导观察—局部分说—边说边打—整篇总说—打字表达—评议批改"模式。

在"创设情境"环节，教师可以教学目标为依据，有针对性地选择教学内容，利用多媒体教学软件所具有的图形、图像、动画、视频等资源创设形象生动、活泼的教学情境，以提高学生的学习兴趣，吸引学生的注意力，让学生对所表现的情境进行书面描述。

在"指导观察"环节，教师可以利用多媒体教学系统中的教鞭工具对学生的学习情况进行分析。教师按照由表及里、由浅入深、由个别到一般、由具体到抽象的认识规律，采用不同的观察方式，有效地指导学生进行观察，以提高学生观察事物、分析事物的能力。

在"局部分说"到"整篇总说"环节，教师要贯彻由简到繁、循序渐进的教学原则，为学生提供更多的练习"讲述"或"写话"的机会，即主动进行语言文字表达的练习机会。

在"打字表达"环节中，让学生在观看活动情境的同时，把要写的一段话或要写的一篇短文，利用计算机表达出来。

在"评议批改"环节中，教师可指导学生对所写文章进行小组评价与修改。教师还可以让学生推荐自己所欣赏的文章或教师自己选择优秀的文章进行展示，让全体学生对其进行欣赏与评价。

第四节　多媒体日本语言文学教学环境设置研究

教学环境是一个由多种不同要素构成的复杂系统。广义的教学环境是指影响学校教学活动的全部条件，即物理环境和心理环境。狭义的教学环境特指班级内影响教学的全部条件，包括教学设施、班级规模、座位模式与班级气氛等。这里主要指的是狭义上的教学环境。

一、多媒体教学设施的建设

教学设施是学校物质环境的核心组成部分，学校教学活动依靠一定的教学设施而进行。因此，教学设施环境必然被包含在整个教学环境里，是其重要而不可缺少的组成部分。

随着科学技术的不断发展，教学设施所包含的内容发生了革命性的变化。它不仅包括传统意义上的课桌、椅、粉笔、黑板等，更包括现代教学中已被广泛采用的计算机、录音机、幻灯机、投影仪等多媒体设备。这些设备使课堂教学变得更生动、直观；同时，它的广泛使用，也为课堂教学环境设计提供了更为丰富的手段和舞台。

高校的综合办学水平在一定程度上受教学设施的科学、合理与否，符合"以人为本"的教育服务理念与否的影响。无论对教师还是对学生而言，他们的情绪、心理状态在一定程度上都会受到教学设施环境的影响。良好的设施环境，如必备的办公用品、实用的教具或设施等，能够使教师所具备的能力充分展现出来，充分发挥自我价值，从而对教师的工作热情起到积极的促进作用。反之，如果教学设施陈旧、不完备，课桌、讲台安排不够人性化，很容易影响教学工作的正常开展，导致学生学习效率低下。因此，在教学设施的建设上，要做到以下几点。

首先，以促进大学生生理健康发展为本。大学生也需要衣、食、住、行、医等常人赖以生存的基本条件，高校教学设施的设置环境应能够满足大学生生理的正常维持、生理的健康成长和成熟等的需要。

其次，以促进大学生心理健康发展为本。大学生开始步入青年期，对待生活学习上的问题极具情绪化，面对各种矛盾冲突难以进行理性的分析，因此任何细小的问题都会对大学生的心理健康造成消极的影响。所以，高校不仅应该设有相应的心理咨询机构以帮助学生顺利度过人生的重大转折期，而且高校的各项教学设施环境应能够持续满足大学生的审美感、安全感、归属感，以及预防各种心理危机和及时排遣不良情绪等的基本心理需求，建立师生之间的沟通渠道促进师生间的积极交流，潜移默化地达到调适学生各种心理的目的。

最后，以促进大学生学业充分发展为本。学生的学习成就不仅包括在校期间所获得的听、说、写的语言能力和较高的学科分数，而且包括离校后在社会工作中的终身学习能力、创新创造能力和取得的一系列工作业绩。因此，高校的教学设施建设应在满足学生专业需求的基础上，进行有针对性的建设，如以模拟企业真实运作、就业实战训练等形式，促进学生的全面发展，帮助学生在将来的工作中熟练地运用所学知识和技能。

二、多媒体电子教室的布置

电子教室主要包括若干计算机、投影仪、视频展台、投影屏幕和音响等设备。在电子教室进行的日语教学主要是在教师机对学生机的指导下，学生运用专用教学软件及设备完成学习任务。

在电子教室的教学环境中，在教师机的控制下学生通过电脑屏幕看到的内容是一致的，不会因座位、光线等对所看到的内容产生影响。通过电子教室系统的屏幕广播、电子教鞭功能对教学内容进行讲解与演示，对学生的行为进行引导，随时掌握学生学习的情况，及时地进行反馈。

在学生独立进行课堂自学时，教师不需要在教室内不停地走动以监控学生的学习，通过电子教室的屏幕监控功能就能实时掌握学生的学习情况，通过遥控辅助功能就能对任一学生进行一对一的教学与管理。这样就在一定程度上减轻了教师的工作强度。

利用电子教室系统广播教学和黑屏肃静等功能，教师可以很方便地控制所有学生的计算机，便于统一教学，教学秩序和教学质量也得到了有效保障。

电子教室系统中的显示系统按照不同的应用，可采用一种或多种、一台或多台显示设备，提供单人或成组人所需的视觉信息，接收来自不同电子设备或系统的信号。电子教室系统中的音频系统的位置安放要合理，声音不能调得太大也不能太小，以全班学生都能听见为宜。

电子教室系统中的管理系统是典型的信息管理系统，其开发主要包括后台数据库的建立和维护以及前端应用程序的开发两个方面。对于前者要求建立数据的一致性和完整性，且数据的安全性要好的数据库；而对于后者则要求应用程序功能完备，易使用等。

学校的多媒体电子教室建设是一项具有一定规模的投资建设项目。作为日语教学的重要组成部分，从加强教室管理，节约有限的建设资金考虑，建议以集中网络控制的方式带动其发展。

三、多媒体课堂气氛与师生关系

（一）多媒体课堂气氛

课堂气氛是指在课堂教学中学生群体所具有的能够影响学习的心理氛围。

它主要包括班风、凝聚力、团结友爱、竞争、困难等心理因素。课堂气氛是通过师生之间的交流，在学习活动中产生的。它能够对班级群体的学习行为形成一种聚合力，对每位学生的学习行为形成一种制约力。良好的班级氛围能够促使师生之间进行无障碍的交流，相互尊重、合作，能够使学习活动具有明确的目的性。

影响课堂气氛的因素很多，特别是与教师的领导风格有很大关系。注重权威的教师，当其在场监督时学生的学习效率较高，而不在场或监督不严时则可能表现较差。坚持民主领导的教师，学生之间可以表现较高程度的尊重与互助友爱，学习效果一般较好。另外，课堂气氛还与师生价值观、行为准则等文化现象有关。

（二）多媒体课堂中的师生关系

影响课堂气氛的重要因素就是由师生关系营造的情感环境，它是指教学中形成的一种情绪、情感状态。课堂教学不仅仅是进行知识的传授，在此过程中师生之间也进行着情感的交流；而且良好的师生关系能够在一定程度上提高课堂教学效率。

根据相关研究发现，教师端正的教学态度、严谨的工作作风、良好的仪表气质、对学生适当的期望与恰当的奖惩机制等都会给师生之间的关系带来积极的影响。最大限度地满足学生的学习需要与情感需要，可以提高学生的学习积极性，最终提高整体的学习效率与教学效率。

良好的师生关系有两个特征：

第一，学生对教师组织和管理的"权威"地位的接受。教师要赢得学生的尊重，其地位、教学能力、管理能力等必须得到学生的承认。在学生眼里，理想的教师应是民主公正的，能够平等地对待每位学生，尊重学生，教学技能高超，具有渊博的知识，能够及时地给学生以关怀和帮助。

第二，师生之间的相互尊重。从教师角度上讲，这种关系建立在师生之间的交流上。一方面，教师应尊重学生，应视学生为独立的人，应视学生为学习的主体，秉持师生平等的理念，建立良好的师生关系，给学生留有自主选择学习内容和自主制定学习目标的机会，充分尊重学生学习者角色的自主意识，积极鼓励学生主动地探索知识。另一方面，教师应根据学生的发展规律和学习需要来开展教学，运用多种形式的评价方法对学生的学习情况进行分析与指导，对学生所做出的努力要及时鼓励，对学生所犯的错误要采取恰当的惩罚方式，以使学生保持旺盛的求知欲。

参考文献

[1] 程青，张虞昕，李红艳.日语教学理论与实践模式研究 [M].长春：吉林人民出版社，2019.

[2] 丁尚虎，赵宏杰.社会语言学与日语教学研究 [M].上海：上海交通大学出版社，2019.

[3] 董春芹.跨文化视域下的日语教学研究 [M].长春：吉林人民出版社，2019.

[4] 华桂萍.日本古典文学鉴赏 [M].南京：东南大学出版社，2020.

[5] 李宁宁.日语教学与思维创新探索 [M].长春：吉林人民出版社，2019.

[6] 李晓丹.大数据视域下网络平台介入日语教学的研究 [M].吉林大学出版社有限责任公司，2021.

[7] 孟红淼.跨文化交际视角下的高校日语教学策略探究 [M].长春：吉林出版集团股份有限公司，2021.

[8] 宁雅南.文化视角的日语教学研究 [M].武汉：湖北科学技术出版社，2016.

[9] 宋艳军，彭远，凡素平.全球化语境下的日语文化教学研究 [M].青岛：中国海洋大学出版社，2019.

[10] 谭晶华.日本近代文学名作鉴赏 [M].上海：华东理工大学出版社，2017.

[11] 唐磊.日语教学论 [M].南宁：广西教育出版社，2019.

[12] 王珏，胡雅楠，张研 . 现代高校日语教学与跨文化交际融合研究 [M]. 长春：吉林出版集团有限责任公司，2021.

[13] 王珏 . 创新视角下的日语教学内容与方法研究 [M]. 长春：吉林出版集团股份有限公司，2021.

[14] 张继文，车洁 . 高职日语教学研究 [M]. 武汉：武汉大学出版社，2018.

[15] 张锐 . 现代日语教学思维创新与实践探索 [M]. 长春：吉林人民出版社，2021.